T0303592

13 perros y medio

Editorial Bambú
es un sello de Editorial Casals, SA

© 2019, Fernando Lalana, por el texto
© 2019, Editorial Casals, SA, por esta edición
Casp, 79 – 08013 Barcelona
Tel.: 902 107 007
editorialbambu.com
bambulector.com

Ilustración de la cubierta: Francesc Punsola
Diseño de la colección: Miquel Puig

Primera edición: febrero de 2019
ISBN: 978-84-8343-577-9
Depósito legal: B-1051-2019
Printed in Spain
Impreso en Anzos, SL
Fuenlabrada (Madrid)

Cualquier forma de reproducción, distribución, comunicación pública o transformación de esta obra solo puede ser realizada con la autorización de sus titulares, salvo excepción prevista por la ley. Diríjase a CEDRO (Centro Español de Derechos Reprográficos, www.cedro.org) si necesita fotocopiar o escanear algún fragmento de esta obra (www.conlicencia.com; 91 702 19 70 / / 93 272 04 45).

13 PERROS Y MEDIO

FERNANDO LALANA

bambú
EDITORIAL

Previo, a modo de recordatorio

¡Eh! ¿Qué tal estáis? No sé si os acordáis de mí. Me llamo Félix Manley. Sí, sí, Manley, como la marca de pinturas de cera. Pero no, lo siento, no tengo nada que ver con ello. De hecho, prefiero las de la marca Dacs. Qué le vamos a hacer... Si bien lo pensáis, no todo el que se apellida Roca se dedica a fabricar bañeras ni todas las chicas que se llaman Mercedes poseen una fábrica de coches de lujo.

Así pues, como os digo, mi familia no pertenece al sector de las manualidades. Nada más lejos de eso. Mi madre era maestra de primaria hasta que, a finales del curso pasado, con eso de los recortes en educación por culpa de la supercrisis, la echaron a la calle. Por lo visto, los dueños de su colegio pensaron que era más barato que los niños aprendiesen solos. Y cuando mi madre perdió su empleo, en lugar de pedir cita con el psicólogo, como habría hecho cualquier persona normal, se compró una lupa muy gorda, de cristal alemán, y se apuntó a un cursillo acelerado de detective privado en la academia Marmolejo. Aprobó todas las asignaturas a la primera y le dieron un diploma así de grande que la autorizaba a investigar los más variados y misteriosos casos.

¿Es una gran detective?, me preguntaréis, quizá.

A ver, dejadme que lo piense... Lo cierto es que no. No, no... definitivamente, no es una gran detective, tengo que reconocerlo. Y eso que empezó fuerte. En su primer caso, le encargaron buscar un perro perdido y acabó encontrando trece, nada menos; lo cual, creo yo, constituye un éxito sin parangón en el mundo de lo investigativo. Pero, a partir de ahí, me da la sensación de que ha perdido fuelle. Sin embargo, ella sigue investigando de cuando en cuando, plena de entusiasmo detectivesco.

Y, por otro lado, tenemos a mi padre. Sinceramente, lo de mi padre ya es la monda. Durante mis primeros quince años de vida, yo creía ser semihuérfano, o como se diga; pensaba que mi padre había muerto, justo antes de nacer yo, en el terremoto de Calatayud. Y, de repente, el verano pasado va y aparece de repente, como salido de la nada. Como el genio de la botella. Yo ya llevaba un tiempo sospechando. Sobre todo, desde que me enteré de que en Calatayud jamás se había producido un terremoto con víctimas, pero no podía imaginar la verdadera verdad. Y la verdad verdadera era que mi padre estaba vivo. Está vivo. Se apellida Manley, como yo, que ya es casualidad. Pero no se llama Félix, sino Felipe. Es un tipo guapo y está bastante cachas, siempre usa gafas de sol, incluso por la noche, y es agente del CNI. Para los ignorantes: CNI son las siglas del Centro Nacional de Inteligencia; o sea, los servicios secretos españoles.

Resultó que había pasado los últimos tres lustros encerrado en una cárcel boliviana por culpa del fracaso de una misión supersecreta, y por eso no nos conocíamos.

Como podéis imaginar, descubrir que mi padre seguía vivo y que, además, era un espía, resultó para mí una sorpresa del tamaño de la catedral de Santiago. Y todavía más para mi madre, que pensaba que él nos había abandonado a poco de nacer yo y se había inventado lo de que murió en un terremoto para que yo no me traumatizase.

Ahora, los dos están enamoradísimos, como si acabasen de conocerse. A veces, hasta me da un poco de apuro verlos tan embobados el uno con el otro, que parecen dos adolescentes. ¡Qué vergüenza, dios mío!

27 De diciembre
(Por algún sitio hay que empezar)

La chica de la curva

José María Pons estaba medio adormilado en el asiento del copiloto de su Toyota híbrido cuando, treinta metros por delante, entre el borde de la calzada y los primeros árboles tras la cuneta, distinguió un algo impreciso, una silueta borrosa e inquietante, que le hizo dar un respingo.

–¿Qué es eso? –exclamó de repente, extendiendo el brazo hacia delante.

–¡Aaah! –gritó al volante Elena, su mujer–. ¡Demonios, Josemari! ¡Qué susto me has dado!

–¡Pero mira! ¡Hay alguien ahí delante! ¡Un espectro! ¡Un halo demoníaco!

Ella afiló la mirada. Era la hora turbia. Ese momento del día, cercano al ocaso, en que el mundo se torna fantasmal; cuando el sol se ha puesto y ya no alumbra, pero aún no ha anochecido y los faros del auto todavía no sirven para nada. Ese momento en que las sombras pesan más que la luz y el temor más que el sosiego. Sobre todo, si es pleno invierno y circulas por una carretera secundaria del Pirineo aragonés tapizada de nieve vieja.

–No es un espectro. Es una chica...

–¡Naturalmente! ¡La chica de la curva!

–No digas barbaridades, Josemari, por dios. ¿Cómo va a ser la chica de la curva si estamos en una recta?

–¡Sigue! ¡No te pares, Elena! ¡Ni se te ocurra!

–Pues yo creo que sí deberíamos parar, pobrecica. Mira, nos hace señas.

En efecto, la muchacha, muy joven, muy rubia, muy alta, muy pálida, que caminaba en su misma dirección, se había girado al oír el sonido del motor del auto y alzaba una mano temblorosa.

Elena detuvo el Prius al llegar a su altura.

–Baja el cristal, hombre –le indicó a su marido.

–¡Es que no me fío! ¿Y si me salta al cuello?

–¿Pero no ves que está helada de frío? Baja el cristal, te digo.

El hombre alzó la mirada y contempló con detenimiento el rostro de la muchacha por primera vez. Como todo en ella resultaba superlativo, también era muy, muy hermosa. De una belleza insoportable.

–Buenas tardes. Gracias por parar. ¿Van ustedes a Osia? –preguntó con un ligero acento extranjero cuando, por fin, Pons bajó el cristal de la ventanilla.

–Pues claro que vamos a Osia, maja. ¿A dónde vamos a ir? Por esta carretera no se llega a ninguna otra parte. Allí se acaba el mundo conocido. Después, dragones.

–¿Podrían llevarme? El camino se me está haciendo más largo de lo que imaginaba.

–Desde luego. Sube –dijo Elena, adelantándose a la respuesta de su marido.

–¿Qué? –protestó él; pero su resistencia duró dos segundos. Suspiró antes de claudicar–. Creo que esto es un gran error, pero, en fin... Arriba, joven. No te hagas de rogar.

–Claro que no. ¡Muchas gracias!

La chica pasó al asiento trasero frotándose las manos y los brazos. No llevaba suficiente ropa de abrigo.

Elena reanudó la marcha. Solo tardó cien metros en mirar a la pasajera a través del retrovisor interior.

–Tú tienes que ser la nieta de Matías. La rusa.

La chica sonrió.

–Sí. ¿Lo ha adivinado por el acento?

Marido y mujer cruzaron una mirada de refilón.

–Por tu cara –respondió ella–. No te ofendas, pero tienes una cara de rusa que tira de espaldas.

–Ah, ya... Cierto, soy rusa. Me llamo Valeria.

–Yo soy Elena. Y este es Josemari.

–Elena y Josemari, ¿eh? Entonces, serán los dueños de Casa Cirjuano, ¿verdad?

–Así es. ¿Cómo lo sabes?

–Mi abuelo me ha hablado de todos los habitantes del pueblo. No son muchos. Su marido es el único con el pelo plateado recogido en una coleta. Inconfundible.

–No tan inconfundible. A veces, llevo moño –replicó el hombre de la coleta.

–¿Ves como teníamos que parar a recogerla?

–¿De dónde vienes? –preguntó él, tras un gruñido.

–De Jaca.

–¿Andando desde Jaca? Pero si hay casi veinte kilómetros...

–Ah, no, no. Allí he hecho autoestop, en la gasolinera. Una familia de noruegos, que viajaban en una autocaravana grandísima y se dirigían a San Juan de la Peña, me han traído hasta el desvío de la carretera general. Pensaba que me llevaría menos tiempo hacer este último tramo, pero menos mal que han pasado ustedes, porque empezaba a sentirme aterida. Y eso que los rusos estamos acostumbrados al frío.

–Sí, has tenido suerte. De no ser por nosotros, podrías haber muerto congelada. O devorada por los lobos.

–¿Hay lobos por aquí?

–No asustes a la chica, Josemari. Y tú, no le hagas caso, que es un exagerado. En todo caso, te habrían devorado los jabalíes. Pero es cierto que engañan estos últimos kilómetros. Parecen cosa de menos y, sin embargo...

Un zumbido sordo, grave, intermitente, hizo temblar el aire sobre ellos, en ese instante.

–¿Qué demonios es eso...?

Josemari adelantó el cuerpo para mirar hacia el cielo, a través de la parte superior del parabrisas del auto. Vio aspas girando y potentes destellos blancos y rojos danzando en el azul plomo del ocaso.

–Un helicóptero. De la Guardia Civil, creo. Tal vez acuda a un rescate de montaña.

–Es raro que vuelen a esta hora, tan cerca del anochecer. Debe de tratarse de algo realmente excepcional.

–A lo mejor el presidente del Gobierno se ha perdido haciendo senderismo. Es muy senderista, el presidente.*

* En el momento de la acción, el presidente del Gobierno de España era Mariano Rajoy. (N. del a.)

Tomaron, por fin, la última curva y tuvieron ante sí la entrada al pueblo. Sin embargo, la imagen habitual estaba interrumpida por las siluetas de un todoterreno de la Guardia Civil cruzado sobre la calzada y de un agente armado con subfusil que les hizo señas para que se detuvieran. Elena y su marido cruzaron una mirada rápida.

–¿Son vecinos de Osia? –les preguntó, sin más saludo previo que acercarse el índice a la visera de la gorra.

–Vivimos aquí a temporadas. Somos de Zaragoza. ¿Qué ocurre, agente?

–Documentos –solicitó el guardia, por toda explicación.

Sacaron los carnés, que el guardia civil consultó con rapidez–. Martínez y Pons. Ajá. Veo que están en la lista. ¿Y ella?

–Viene con nosotros –dijo la mujer.

–Sí, bien, pero ¿cómo se llama?

–Valeria. Es la nieta de Matías Panadero. Él sí es de los que viven en el pueblo todo el año.

Al guardia se le iluminó la sonrisa, mientras echaba mano de su *walkie-talkie*.

Cuando, finalmente, se les permitió acceder al pueblo, los tres ocupantes del Toyota se quedaron de una pieza. El helicóptero que los había sobrevolado minutos antes acababa de aterrizar en una de las eras más próximas al minúsculo casco urbano y permanecía con el rotor en marcha y las luces destellantes a todo trapo. Varios vehículos de la Benemérita y dos docenas de agentes a pie recorrían las calles del municipio con ademanes de fuerza invasora.

Cuando llegaron a la plaza, se les cruzó delante un Renault gris, obligándolos a frenar. Descendió de él uno de sus ocupantes. No vestía el uniforme verde de la Benemérita, sino camisa blanca y traje negro, con el nudo de la corbata algo flojo. Y usaba gafas oscuras, pese a que el sol era ya solo un recuerdo luminoso tras el horizonte.

Se dirigió directamente a la muchacha rusa. Le habló en un tono poco amigable. Como el que usaría un padre para regañar a su hija.

–Hola, Valeria. ¿Se puede saber dónde demonios te habías metido? Fíjate la que se ha organizado por tu culpa.

26 de diciembre
(O sea, el día anterior)

Péplum

Pues, mira, ya está. Nuestras primeras navidades en familia completa: papá, mamá y yo. Y aunque me temía lo peor, lo cierto es que ya han pasado la Nochebuena y el día de Navidad y aquí seguimos, más o menos igual que antes. Quizá un poco más gordos, porque nos hemos echado al cuerpo unos atracones de turrón y de pavo que no se los salta ni Carpanta con pértiga. Anteanoche, mi padre preparó un pavo relleno de croquetas de pavo, una receta que había aprendido a cocinar en la cárcel de Bolivia donde estuvo encerrado. Rico, rico, rico, en serio. Pavo al delincuente inocente, lo bautizó mi madre. ¡De muerte!

También ayer, entre otras cosas, comí ostras por primera vez en mi vida.

Hoy, mi madre y yo hemos acabado con las sobras de los dos días anteriores, como manda la tradición. Mi padre, en cambio, ya ha tenido que salir a primera hora de viaje en misión secreta. Es lo malo que tiene la vida de los espías, que es muy sacrificada. Imprevisible y sacrificada.

* * *

Después de comer. Ya ha terminado *Saber y ganar*. Estoy solo en casa, como Macaulay Culkin. Mi padre, ausente; mi madre, investigando.

En la tele están echando un péplum soporífero, así que me he encerrado en mi cuarto a leer un libro de Tolstói y a esperar que me llame Cuca por teléfono.

¿Cómo? ¿Que quién es Cuca? ¿Es que no habéis leído *Trece perros*? Cuca es mi novia. Mi novia. Minovia. Minooovia. ¡Je! Me produce un agradable cosquilleo decirlo: Mi novia. Mi-no-via. Minoviaminoviaminovia. Caray, es que tengo novia, señoras y señores. Mi primera novia.

Dice mi padre que a la primera novia nunca la olvidas, pero que no te casas con ella porque resulta imposible acertar a la primera con la mujer de tu vida, por una cuestión de estadística y probabilidades.

Qué aguafiestas, ¿no? ¿Todos los padres son así? Desde luego, a mí me gusta pensar que lo mío con Cuca va a durar toda la vida, diga lo que diga mi padre. Estoy muy enamorado de ella. Un amor profundo como el aparcamiento de un rascacielos. O eso creo, aunque, en los últimos días, algunos detalles me hacen dudar ligeramente de esa profundidad.

Por ejemplo: estas navidades nos hemos separado por primera vez. Cuca, sus padres y su hermana Nati se han ido a pasar las vacaciones a su apartamento de Jaca y todos los días suben a esquiar a Astún. Y yo la echo mucho de menos. ¡Pero...! lo cierto es que no tanto como yo pensaba. Ayer me llamó, estuvimos hablando veinticinco minutos y se me hizo largo, la verdad. Quizá fue porque casi no me dejó abrir la boca. En fin, que esto del primer amor es más complicado que el cálculo diferencial.

Dejo el libro tras leer dos párrafos y remoloneo en la cama. El libro. Anda que... Estas navidades me he propuesto leerme *Ana Karenina* y ya voy por la página dieciocho. Solo me faltan novecientas ochenta y dos. Lanzo dos dardos a una diana que tengo colgada detrás de la puerta y los clavo en la puerta. Cero puntos. Echo un vistazo a través de la ventana. Estaría bien que nevase. Una Navidad sin nieve es como... como un general sin medallas. Como un funeral sin muerto. Como un *youtuber* sin *followers*. Sin embargo, no nieva. Hace un frío que espanta, eso sí, pero no cae ni un maldito copo. El clima es lo peor de mi ciudad. Nueve meses de invierno y tres de infierno, dicen. Ni rastro de la primavera, poco otoño, viento feroz durante todo el año, apenas llueve y casi nunca nieva.

La pera limonera

De pronto, allá abajo, haciendo astillas con su presencia la soledad de la calle, distingo una silueta que se acerca caminando por la acera. Desafiando al tiempo inclemente y a la falta de nieve. De inmediato, reconozco el anorak azul marino y el gorro gris de invierno de Luisfer. De Luisfer sí os acordáis, ¿verdad? Luis Fernando Castillejos. El jefe de nuestra pandilla, el *boss*. El más listo de mi clase del instituto. Luisfer y yo somos los únicos de nuestro grupo de amigos que nos hemos quedado aquí, en la ciudad. Las mellizas Padornelo, mi adorada Cuca y su hermana Nati, ya os he dicho: esquiando como auténticas fernandezochoas. Pilonga Gutiérrez se ha marchado con sus padres y su hermano Pilonguito a Melgar de Fernamental, un pueblo castellano y mesetario, donde viven sus tíos. Las navidades de los años pares, sus tíos vienen aquí; y las de los años impares, Pilonga y familia se van a Melgar, localidad infinitiva de la primera conjugación. Y Luisja se ha ido a Italia, donde tiene parientes lejanos: Roma, Milán, Florencia, Venecia... Eso sí que me da envidia.

«¿A dónde irá Luisfer?», me pregunto. Y treinta segundos más tarde, timbrazo al portero automático mediante, descubro que no va sino que viene. Viene a mi casa.

Lo espero en el rellano de la escalera, con la puerta abierta. Sube los veintiséis peldaños a buen paso. Cuando aún se encuentra en el descansillo previo al último tramo de escalones, ya le lanzo la pregunta.

–¿Ocurre algo grave?

No necesita responderme. Me basta con su mirada. Pese a todo, lo hace al momento.

–Claro que ocurre algo grave. No habría salido de casa con este frío asqueroso de no ser así. Además, en la tele están echando *Espartaco*, de Stanley Kubrick. Con Kirk Douglas. No me la estaría perdiendo por una simple tontería, como comprenderás.

Luisfer es un poco pedante, ya recordaréis. Sabe de todo y por eso resulta un pelín cargante. Por ejemplo, sabe que Stanley Kubrick era un director de cine inglés cuando yo, en mi cinéfila ignorancia, pensaba que era un piloto polaco de Fórmula 1. Pero es un buen tipo y mi mejor amigo, que conste. Me refiero a Luisfer, no a Kubrick. Además, es el delegado vitalicio de nuestra clase. Creo que ya era delegado de clase cuando íbamos al jardín de infancia.

–Anda, pasa. ¿Quieres un colacao caliente, para entrar en calor?

–Vale. Y unas galletas Príncipe, si tienes.

–Voy a ver.

No hay galletas Príncipe, pero sí encuentro unas pastas de avena con pepitas de chocolate de marca «Principado». O sea, marca blanca de origen asturiano. En silencio, pongo las pastas en un plato de postre. En silencio, caliento dos tazas de colacao en el microondas y me siento frente a Luisfer. En silencio, nos comemos dos pastas cada uno, tras mojarlas en el colacao.

–Bueno, ¿qué? –le pregunto, al fin, harto de tanto silencio.

Él carraspea. Habla sin mirarme.

–¿Está tu madre en casa?

–No, ha salido a investigar. ¿Por qué lo dices?

–Quería contratarla.

–¿Cómo detective?

–Hombre, claro. No voy a contratarla como madre, que ya tengo la mía.

–Ya, bueno... pues no va a poder ser. Ahora está enfrascada en uno de sus más apasionantes casos: buscando la bicicleta nueva de Pilonguito, el hermano pequeño de Pilonga. Por lo visto, se la robaron hace unos días.

–Vaya por dios...

–Y... ¿para qué necesitas una detective?

Pausa. Sospechosa pausa.

–Para... buscar a una persona desaparecida.

Siento un cosquilleo de excitación que me baja desde la nuca hasta la rabadilla.

–Parece interesante. ¿De quién se trata?

A Luisfer le cuesta responder a mis preguntas. Lo noto incómodo, lento; casi... desconfiado. Eso me molesta, pero, sobre todo, me extraña. Somos amigos desde antes de que aprendiéramos a decir «idiosincrasia» y no hay secretos entre nosotros. O eso creía yo.

Por fin, se decide.

–Se trata de la rusa.

Tardo diez segundos en caer en la cuenta.

–¿Te refieres a La Pera Limonera?

–*Da* –me responde en ruso, para que no haya duda.

La Pera Limonera es Valeria Lemonova. He deducido que se trataba de ella porque es la única rusa que conocemos. Aterrizó en nuestro instituto a principios del curso pasado sin saber ni una palabra de español. Aquel primer día ya algún espabilado descubrió en Google que el diminutivo de Valeria es Lera y, en apenas unas horas, pasó a ser conocida por Lera Lemonova, Lera Limonova, Lera Limonera y, finalmente, La Pera Limonera. Fácil y tonto, como todas las cosas importantes de la vida.

La que no tiene un pelo de tonta es ella. Por descontado, a final de curso hablaba el español mejor que yo. La Pera Limonera es un año más joven que nosotros, pero no lo parece.

–¿Y cómo sabes que ha desaparecido?

–Porque la llamo al móvil y no me contesta.

Le doy un trago largo a mi taza de Cola Cao, mientras pienso que aquí hay algo no acabo de entender.

–¿Y por qué la llamas?

Luisfer suspira antes de confesar, por fin.

–Te noto algo lento de mollera, colega. La llamo porque... estamos saliendo juntos.

De la impresión, casi me tiro el colacao por el escote.

–¿Cómo que estáis saliendo? –exclamo–. ¿Desde cuándo?

–No sabría decirte exactamente. Unos días. Un par de semanas, quizá. Y baja la voz, que se van a enterar todos tus vecinos.

–¡Pero...! No entiendo nada, Luisfer. ¿No estabas saliendo con Nati?

Nati es la hermana melliza de Cuca. Melliza, no gemela, ojo con eso. Nati nació ocho minutos después de Cuca y se parecen, pero no gran cosa. Como dos hermanas cualesquiera. Quiero decir que no son gemelas idénticas. Todos dicen que Nati es más guapa que Cuca, pero a mí no me lo parece, por supuesto que no.

–Sí, claro. Salía con Nati. Pero ya no.

–¡Vaya sorpresa! No entiendo por qué Cuca no me lo ha contado. O tú mismo, que para eso somos amigos.

Luisfer baja la mirada y la sumerge en el colacao antes de responder.

–Es que... bueno, verás... lo mío con Nati se ha terminado, pero... aún tengo que decírselo.

Se me cae la mandíbula hasta los pies.

–¡Ostras! ¡No se lo has dicho! ¡Estás saliendo con otra y no se lo has dicho a Nati! Pero, Luisfer... técnicamente, eso es bigamia.

–No digas burradas. Se lo iba a decir, te lo aseguro; se lo iba a decir el sábado pasado, después del sorteo de la lotería de Navidad, pero como se fue con su familia a esquiar no me dio tiempo. Se lo diré en cuanto vuelva. Es que, ahora, cortar con ella por teléfono... me parece feo.

–¡Ah, vaya...! Cortar por teléfono te parece feo, pero ligar con otra a sus espaldas te parece bonito.

Luisfer resopla como un búfalo y se encara conmigo.

–No es por nada, Félix, pero de un amigo como tú esperaba apoyo, no reproches.

–¡Ah, no, no, eso sí que no, lo siento, Luisfer! No lograrás de mí la más mínima comprensión. ¿No te das cuenta de lo decepcionado que estoy?

–No será para tanto. Ni que te hubiese dejado a ti.

–¡Pues claro que sí! En cierto modo, al menos. Yo contaba con que, si tú salías con Nati y yo con Cuca, tarde o temprano nos convertiríamos en cuñados. Y ahora, resulta que no va a ser así.

–¿Y qué?

–¿Y qué? ¿Sabes tú lo difícil que es conseguir un buen cuñado? A fin de cuentas, a la mujer de tu vida la buscas y la eliges, pero los cuñados no se eligen. ¡Te puede tocar cualquier idiota! Yo estaba encantado con la idea de que tú fueras mi futuro cuñado.

–Sí, bueno... también a mí me habría gustado, claro que sí. ¡Pero no voy a casarme con Nati para que tú y yo seamos cuñados!

–¿Y por qué no?

–¡Porque no la quiero! ¡Quiero a Valeria! Me he enamorado de ella como un borrego. Y ella también me quiere. Eso es lo importante, ¿no? De todas formas, ¿no podemos dejar esta discusión para otro momento? No he venido para hablar de cuñados; he venido en busca de ayuda para encontrar a mi novia desaparecida.

Me levanto de la mesa. Llevo las tazas vacías a la fregadera. Desde allí me vuelvo hacia Luisfer. Cruzo los brazos sobre el pecho. Pongo cara de detective de novela negra.

–Vaaale. Ya sabes que puedes contar conmigo para lo que sea.

–Bien. Entonces... ¿crees que tu madre podría...?

–No –le corto, de inmediato–. Mi madre anda metida en otro caso, ya te digo. Además... si tengo que serte sincero, como madre es estupenda, pero como detective es una calamidad. Si quieres, te puedo echar yo una mano. Aunque no te lo creas, soy un tipo listo.

Luisfer sonríe con tristeza y se encoge de hombros.

Ahora entiendo su interés en estas últimas semanas por el cine ruso.

El padre de La Pera Limonera, que se llama Vladimir, regenta una sala de cine, el Kirov, especializada en películas rusas y donde ella le echa una mano como taquillera y acomodadora. Tres veces en lo que llevamos del mes de diciembre, Luisfer me ha convencido con los argumentos más estrafalarios para que lo acompañase allí a tragarnos unos rollazos insoportables en versión original rusa subtitulados en un español incomprensible. Aunque Luisfer es un friki del cine, yo no podía comprender que lo fuera hasta ese punto. Pero, por supuesto, ahora todo está muy claro. El cine ruso le importa un pimiento. Lo que pretendía era ligar con la Lemonova. Seguro que esperaba a que yo me durmiera en la butaca –cosa que ocurría a los cinco minutos de empezar cada sesión– para ir a hacerse carantoñas con ella detrás de la máquina de las palomitas.

El Roxy

Antes de que el padre de Valeria se hiciese cargo del local y lo rebautizase como Kirov, la sala se había llamado Roxy y fue siempre un cine de barrio, de reestreno, los fines de semana con sesión continua. Cuando don Vladimir lo rescató del olvido, llevaba más de diez años cerrado. Mi único recuerdo del Roxy procede de mi más tierna infancia, cuando mi madre me llevó a ver *Dumbo*, una película de Disney sobre un elefantito que sufría acoso laboral en el circo donde trabajaba. Apenas recuerdo nada de aquella película, pero sí recuerdo lo mal que olía la sala. Justo antes de comenzar la sesión, el acomodador –un hombrecillo de unos ciento once años, vestido de contraalmirante– recorría el pasillo central, lanzando ráfagas de ambientador de pino con un enorme pulverizador. Gracias a eso, olía todavía peor.

Honorarios

–De acuerdo –acepta mi exfuturocuñado–. Hablemos de negocios. ¿Cuánto me vas a cobrar?

–¿Cobrar? No te voy a cobrar nada, Luisfer. Voy a echarte una mano con esto porque somos amigos.

–Ah, no, no... Estas cosas hay que pagarlas. Si no, no te tomarás el suficiente interés. Si no me cobras, harás un trabajo de aficionado. Y yo quiero una investigación profesional.

Inspiro profundamente. A veces es difícil no ponerse nervioso con Luisfer.

–De acuerdo. Mi madre cobra cien euros diarios...

–¡Aaaah...! –grita–. ¡Cien euros! Pero, pero...

–Tranquilo. Yo te cobraré la mitad.

–¡Aaaah...! –vuelve a gritar–. ¿Cincuenta euros? ¿Estás loco? ¿Cómo voy a pagarte eso?

–¿En qué quedamos? ¿Quieres un trabajo profesional o no?

–Sí, claro, por supuesto, pero... no pensaba que fuese tan caro.

–Ya. Dime, ¿en cuánto estabas pensando?

–Pues... me había hecho la idea de... unos cinco euros.

–Cinco euros.

–Sí.

–A la hora.

–No. Al día.

–A ver, Luisfer –digo, tras un carraspeo– mi madre es una detective de lo más cutre, lo admito. Pero por cinco euros al día, no se molesta ni en sacar la lupa de la caja.

–¿No? Caray... yo pensaba...

–Mira, vamos a hacer una cosa: investigamos esto entre los dos, de la manera más profesional posible, desde luego. Y, al final, hacemos cuentas. Seguro que llegaremos a un acuerdo. ¿Te parece?

–Vale.

–Muy bien. Vamos a mi cuarto.

Al entrar en mi habitación, abro el cajón de la mesa de estudio y saco mi pluma Pilot M-90 y un bloc Rhodia de tamaño cuartilla, negro y naranja, sin estrenar, precioso. Uno de mis regalos de la pasada Nochebuena.

De inmediato, comienzo a interrogar a Luisfer y a trascribir los datos interesantes en el Rhodia, que va a ser el cuaderno de bitácora de la investigación.

–Veamos... ¿cuándo te diste cuenta de que Valeria había desaparecido?

–Ayer. Ayer por la tarde. Habíamos quedado en el cine Kirov y no apareció. Ya sabes que el Kirov es de su padre y ella lo ayuda por las tardes...

–Lo sé, lo sé. Continúa.

–Pero ayer, al llegar, me encontré el cine cerrado. Había un cartel donde decía que permanecería cerrado hasta el día veintiocho, cuando se inaugura la segunda edición de la Mucinsovi.

–¿Eh? ¿Qué es eso?

–La Muestra de Cine Soviético. El año pasado se celebró la primera edición y Valeria me dijo que tuvo mucho éxito. A la sesión inaugural acudió hasta el alcalde.

–¿Y ella no sabía que el cine cerraba estos días?

–No lo sé... si me citó allí, pensaría que iba a estar abierto, claro.

–Eso creo yo. Es raro que no supiese lo de la Mariposi.

–La Mucinsovi.

–Sí, bueno, eso.

–Quizá lo olvidó.

–¿Es muy despistada, tu novia?

–No. O quizá sí. La verdad, no lo sé; apenas la conozco.

–Continúa –murmuro, mientras voy tomando nota de todo.

–Entonces, desde la misma puerta del Kirov, la llamé al móvil. Y no me contestó.

–¿A qué hora hiciste la llamada?

Luisfer consulta su teléfono.

–Cuatro y diez de la tarde.

–Hora de la siesta del día de Navidad. Quizá la pillaste echando una cabezada...

–Valeria es rusa. Ni celebra la Navidad ni duerme la siesta. La llamé otras cuatro veces a lo largo de la tarde. Siguió sin contestar. Hoy, esta mañana, he vuelto a llamarla dos veces más.

–Y nada.

–Eso: nada.

–¿Sabes dónde vive?

–Ella y su padre viven en el propio edificio del cine, en una vivienda situada encima de la sala.

–Y... ¿has ido a su casa, a preguntar por ella?

–No.

–Pues, hombre, eso debería ser el primer paso, ¿no crees? Quizá, simplemente, se ha puesto enferma y no puede contestar al teléfono.

Luisfer me mira largamente. Ladea la cabeza de un modo muy personal. Lo hace a menudo cuando se siente incómodo por la conversación. Siempre hacia el lado derecho.

–Verás, es que... creo que no le caigo bien a su padre.

–¡Vaya cosa! ¿Conoces a alguien que le caiga bien al padre de su novia?

–Ya, es cierto... pero es que el padre de Valeria se llama Vladimir. Eso impone. Si se llamase Tomás o Eusebio, quizá...

–Entonces, tendré que ir yo a preguntarle.

A Luisfer le brillan los ojos al momento.

–¡Sí! Estupenda idea. A fin de cuentas, para eso te pago, ¿no?

–¿Para que me juegue el pellejo por ti?

–Efectivamente.

Pastel ruso

Al costado de la entrada del cine Kirov, tal como me ha indicado Luisfer, –que, por cierto, me acompaña hasta allí pero se queda escondido como un hurón en el zaguán de la ferretería Alcrudo, al otro lado de la calle– hay una puerta estrecha, de madera pintada de rojo, que ostenta un «16» de chapa esmaltada en la parte superior. Llamo al portero automático, de botón único. Ni flores. Insisto. Otra vez. Por fin, oigo ruidos por el telefonillo.

–¿Quién es?

Más que una respuesta, parece un ladrido.

–Eeeh... hola, buenas. ¿Está Valeria en casa?

–No, no está.

–¿Sabe dónde está? Habíamos quedado para ir a jugar a los bolos, pero no ha venido ni me contesta al teléfono.

–¿Bolos? *Valerrria* no sabe jugar a los bolos.

–Sí, ya, por eso: le prometí que esta tarde le daría unas clases gratuitas –improviso.

Silencio escalofriante.

–¿Oiga? ¿Sigue usted ahí?

–*Da.*

–Entonces... ¿me dice que Valeria no está? –insisto.

–¡Exacto! Eso te he dicho. ¿No me entiendes o es que hablo ruso?

Uf... menudo genio se gasta este tipo.

–Bueno, pues... nada, ya... ya me voy. Cuando la vea, dígale que he preguntado por ella. Que me llame. Soy Félix, uno de sus compañeros del instituto. Félix Manley. Adiós.

Primer fracaso investigador. Mal empezamos.

Sin embargo, aún no me he alejado ni dos pasos de la puerta cuando la voz de don Vladimir ruge a mi espalda, haciéndome pegar un bote.

–¿Manley? –brama, a través del interfono–. ¿Has dicho que te llamas Manley?

Regreso corriendo junto a la puerta.

–Eeeh... sí, Manley. Félix Manley.

–¿Cómo marca de *pinturras* de *cerrra*?

–Sí. Igual, igual.

–¡Sube!

Siento que se me encoge el estómago.

–Pero... ¿para qué? Si Valeria no está...

–¡Que subas! –me ordena el ruso, de forma inapelable.

–Sí, señor. Voy. Ya voy. Ahora mismo.

Suena la chicharra del portero automático y yo, como un idiota, abro la puerta y entro en la casa.

Me aguardan, impertérritos, los cincuenta y un peldaños de una escalera ciega, incómoda y deprimente, dividida en tres tramos unidos por mínimos rellanos. Tras alcanzar la cima, me veo frente a una única puerta. Pintada de azul. Cerrada. Pulso el timbre y suena un zumbador. Hacía años que no oía el sonido de un zumbador. Creo que ya no se fabrican.

El tipo que abre la puerta me recuerda de inmediato a Jason Statham. Un Jason Statham cincuentón, con algo más de pelo que el original, rubio y cortado a cepillo. Viste pantalón de trabajo y camiseta de tirantes, y luce sobre los hombros dos tatuajes que le trepan por los laterales del cuello. No es más alto que yo, pero sí el triple de ancho.

–Pasa, Manley.

–No, gracias, si ya me iba...

–¡Pasa!

–Con permiso...

–Siéntate ahí –me dice, señalando un sofá bastante desvencijado, de color vómito de cabra.

–Lo que usted diga.

–¿*Quierrres* taza de té ruso con trozo de pastel ruso?

–Eeeh... ¿es una broma? Lo pregunto por si tengo que reírme...

–No, no, yo digo en serio. Siempre tengo té. Y pastel ruso estaba de oferta en supermercado.

Lleno los pulmones de aire.

–En ese caso... tomaré té y pastel, gracias.

El señor Lemonov me da la espalda, se dirige a la cocina y comienza a trastear en ella.

–Conozco a tipo que también se llama Manley –dice, de pronto, alzando la voz.

–¿Usa gafas oscuras de marca Ray-Ban y se peina hacia atrás, con fijador?

–Sí.

–Entonces, es mi padre. ¿De qué lo conoce?

–Hemos hablado algunas veces. Asuntos profesionales.

–¿Usted también trabaja para el gobierno?

Don Vladimir sonríe. Cuando sonríe da más miedo que cuando está serio.

–Podríamos decir que sí.

Huy, huy... eso significa que él también podría ser un espía. Y si se trata de un espía ruso, seguramente estamos hablando del enemigo. Igual me he metido en la boca del lobo sin darme cuenta.

En medio de un silencio espeso como chocolate a la taza, Lemonov echa agua en un hervidor eléctrico. El aparato tiene tanta potencia que, al conectarlo, cae la intensidad de las luces de la casa. Tan solo cincuenta segundos más tarde, ya resopla el vapor.

La situación no puede ser más incómoda. Peor que un examen de Lengua. Tengo que buscar la forma de dar un paso adelante o me va a dar un ataque de ansiedad. Tomo aire. Me concentro para que mi voz suene firme y segura.

–Dígame, señor, ¿qué ocurre con Valeria? ¿Dónde está? –le pregunto, de sopetón, aparentando una firmeza que no siento.

Él me mira, de soslayo, mientras sirve el agua en las tazas.

–¿Tú no sabes?

–Si lo supiese, no le estaría preguntando.

–Quizá estás preguntando a persona equivocada.

–No entiendo...

–*Clarrro* que entiendes. *Ahorrra* yo pregunto: ¿estás saliendo con mi hija?

–¿Cómo dice?

–Que si *errres* su novio.

–¡No! No, no, no lo soy. Y... no creo que Valeria tenga novio, la verdad –miento, por precaución.

–¡Lo tiene! –exclama él, apretando el puño–. ¡*Segurrro* que tiene novio! Ella también dice que no, *perrro* yo sé que sí. Lo sé. *Durrrante* últimas semanas se ha comportado como adolescente *enamorrrada*. ¡A mí no se me escapa ni una!

–Pues a mí no me mire, señor Lemonov. Yo ya tengo mi propia novia y le aseguro que no es su hija. La mía se llama Cuca.

–¿Ku-ka? ¡Ja! ¡Eso no es nombre como es debido! *Parrrece* nombre de mascota. Anastasia, Aleksandra, Katerina... ¡Eso son nombres!

Me pone delante una taza de té y un trozo de pastel ruso. Al verlo, comprendo por qué estaba de oferta. Tiene una pinta horrible, pero cualquiera se lo dice. Luego, se sienta frente a mí, al otro lado de la mesa. Con otra taza y otro pedazo de pastel.

Empezamos a comer en silencio.

–*Valerrria* está en pueblo de su abuelo –me dice, de pronto, en voz baja.

–¿En Rusia?

–No. Más cerca. En *Pirrrineos*. Pueblo de abuelo materno.

–¿Cómo se llama?

–Matías.

–El pueblo, digo.

–Ah. No recuerdo. ¿Osuna? No, no... *Osorrrio*... no, tampoco... Osea. Sí, creo que es Osea.

–¿O sea? ¿Un pueblo que se llama «O sea»?

–O algo *parrrecido*.

–O sea, que no lo recuerda. Me parece raro.

–No seas impertinente, chico. Me empieza a fallar *memorrria* y se trata de un pueblo muy pequeño, sin *coberturrra* telefónica. Por eso no contesta a tus llamadas.

–Ah, claro, claro... ¿Cuándo se marchó?

–Ayer.

–¿Y cuándo vuelve?

Lemonov da un sorbo a su té. Yo lo imito y me abraso los labios.

–No lo sé. Ha ido allí unos días, *perrro*... con ella nunca se sabe. Es una chica muy independiente.

Veinte minutos más tarde, cuando regreso a la calle, todavía con el sabor del pastel ruso caducado en las encías, Luisfer me hace señas desde la ferretería Alcrudo.

–¿Qué ha ocurrido? –me pregunta cuando me acerco–. ¿Por qué has tardado tanto? ¡He pasado un frío horrible, aquí, esperándote! ¡A punto he estado de llamar a la policía! ¿Has hablado con su padre? ¿Qué te ha dicho? ¿Está viva o muerta? ¡Vamos, habla de una vez, demonios!

–Sí, sí, cálmate. He hablado con Lemonov. Un hombre encantador, gran padre y mejor persona. Fíjate, que hasta me ha invitado a pastel ruso...

–¿Y de Valeria? ¿Qué te ha dicho de Valeria?

–Que se marchó ayer al pueblo de su abuelo.

–¡Eso es mentira! –afirma Luisfer, tras dos segundos de perplejidad–. Jamás se habría marchado sin decírmelo.

–Por lo visto se trata de un pueblo del Pirineo en el que no hay cobertura, y por eso no contesta al móvil.

–¡Otra mentira! –clama mi amigo, abriendo los brazos–. Cuando la llamo, no sale una voz diciendo «el número marcado está fuera de cobertura», sino que suena el timbre. Suena y suena, pero ella no descuelga. ¿Lo ves? Antes se pilla a un mentiroso que un catarro. ¡Aquí está pasando algo muy raro, te lo garantizo!

He de admitir que Luisfer puede estar en lo cierto. No me imagino a una chica enamorada marchándose fuera de la ciudad durante varios días sin despedirse de su reciente novio. Y, en efecto, si suena la señal de llamada es porque su móvil no está fuera de cobertura, como ha pretendido hacerme creer don Vladimir.

Reconozco que, al principio, no me he tomado demasiado en serio a Luisfer. Habitualmente, las personas no desaparecen así como así. Ni siquiera las novias rusas, pese a su mala fama. Pero empiezo a sentir la incómoda sensación de que aquí está sucediendo algo realmente misterioso.

Y, por supuesto, lo que no le cuento a mi amigo es que su futuro suegro conoce a mi padre. No se lo digo porque aún no sé si eso puede tener relación con nuestro caso. Pero quizá sea ese detalle el que me produce mayor desazón. Mi padre es un espía, no hay que olvidarlo. Trabaja continuamente en peligrosas misiones secretas. Y la gente con la que se relaciona, por lo general, tiene oficios poco recomendables: asesinos, conspiradores, traidores, agentes dobles y triples, contraespías, chivatos, desertores... en fin, lo peor de cada casa.

Tras la entrevista con Lemonov me he quedado con la mosca detrás de la oreja y calamares vivos recorriendo mis tripas. Sobre todo porque, cuando ya me iba, don Vladimir, con la mirada afilada como una navaja de barbero, me ha lanzado una última frase:

–Dale muchos recuerdos a tu padre de mi parte, chaval. Que no se te olvide.

Y lo ha dicho en un tono tal que aún me tiemblan las piernas.

–Volvamos a casa –le digo a Luisfer–. Tenemos que buscar en internet un pueblecito perdido en el Pirineo. Aunque solo sea para descartar esa línea de investigación.

Una idea disparatada...

Durante la pasada media hora, hemos navegado por internet como auténticos aventureros de tiempos pasados. Sin resultado alguno. Gracias a los buscadores hemos localizado un pueblo llamado Osera de Ebro, pero está muy lejos de los Pirineos. Nada con Osorio ni con Osea. De modo analógico y artesanal –es decir, mirando directamente la pantalla– hemos recorrido el mapa del Pirineo tratando de encontrar alguna localidad cuyo nombre se parezca a esos. Pero hay centenares de pueblos, pueblitos y lugares, de modo que resulta una tarea propia de chinos. Ni siquiera estamos seguros de que el lugar que buscamos esté en el Pirineo español y no en el francés. Todo podría ser.

Empiezo a ver necesario enfocar la búsqueda de otro modo. Me tumbo en la cama para pensar mejor y no tarda en formarse una idea en mi cabeza. Una idea un tanto disparatada, esa es la verdad, pero idea al fin y al cabo.

–Oye, Luisfer, ¿qué sabes de la madre de Valeria?

–Que murió hace tres años, cuando vivían en Polonia. Una triste historia. ¿Por qué lo preguntas?

–Porque... al matricularse en el instituto le pedirían los datos de, al menos, dos personas a las que poder avisar en caso de emergencia. Hasta que apareció mi padre yo tenía apuntados a mi madre y a mi tío Jacinto, que vive en Santander, nada menos. Valeria apuntaría a su padre como primera opción, claro está, pero... ¿a quién apuntaría en segundo lugar?

Luisfer no lo duda ni un segundo.

–A ese abuelo suyo que vive en el Pirineo, supongo. No creo que tenga otro familiar en España.

–Eso mismo creo yo –corroboro–. De modo que, si queremos localizar la dirección del abuelo, solo tenemos que acudir a la secretaría del insti y buscar la ficha de Valeria.

–Buena idea. Pero estamos en plenas vacaciones, Félix. El instituto está cerrado.

No puedo evitar sonreír.

–Afortunadamente, está cerrado. Porque seguro que no nos dejarían echarle un vistazo a la ficha de Valeria sin más ni más. Por la cosa de la protección de datos.

Luisfer me mira con los ojos muy abiertos.

–¿Qué me estás proponiendo, entonces?

–Hay que entrar en secretaría por las bravas y robar esa información.

Luisfer chasquea la lengua.

–Siempre has tenido espíritu de delincuente.

–Oye, que lo hago por ti. Si te parece mal, pensamos en otra cosa.

... Y un plan descabellado

A primera vista, parecía complicado, pero, una vez que nos ponemos a pensar en ello, resulta ser complicadísimo.

La única ventaja de mi plan es que Luisfer, sin duda alguna, se trata del compañero idóneo para una misión como esta. Como delegado de alumnos, acude a reuniones fuera de las horas lectivas en las que se codea con profesores y con el secretario; pasea por dependencias del centro que el resto de los alumnos no pisamos jamás y conoce las claves de acceso a zonas reservadas de la página web del centro. O sea que, una vez dentro del edificio, le debería ser muy fácil moverse y acceder a la información que necesitamos.

De planificar el asalto inicial me he encargado yo. Lo cierto es que enseguida lo he tenido claro: la seguridad de nuestro instituto es poco menos que birriosa y conozco un par de puntos débiles por los que es posible entrar sin ser visto y sin demasiadas complicaciones. Unos rápidos esquemas en mi bloc Rhodia, definiendo los pasos necesarios y, en apenas unos minutos, estoy en condiciones de proponerle a Luisfer un plan de acción sencillo y, a la vez, descabellado. Justo como a mí me gustan.

–Yo creo que lo mejor es entrar por el aparcamiento. Durante las vacaciones, los profesores lo siguen utilizando de modo particular porque es muy céntrico. En estas fechas de compras y reuniones familiares, seguro que no tenemos que esperar mucho hasta que alguno abra la verja para meter su coche. Aprovecharemos entonces para colarnos dentro.

–Vale. ¿Y cómo entramos después en el edificio desde el aparcamiento?

–No es lo más fácil del mundo, pero se puede. Verás: la puerta que comunica el aparcamiento con el pasillo de la sala de profesores está blindada. Imposible forzarla. Y todas las ventanas de la primera planta tienen rejas de seguridad. ¡Pero...! no así las del segundo piso. ¿Me comprendes?

Luisfer traga saliva.

–¿Me estás proponiendo que trepemos por la fachada?

–Concretamente, hasta la segunda ventana por la derecha de la clase de tercero B. Es la opción ideal porque tiene el cierre estropeado y justo delante hay un ciprés enorme que impedirá que nos puedan ver desde la calle. Existen otras opciones, pero creo que esa es la mejor.

Luisfer me mira con sorpresa.

–¿Y esto lo has discurrido en la última media hora?

–Bueno... tú serás muy listo, pero yo me fijo en las cosas y soy previsor. Hace ya tiempo que tenía pensados varios planes alternativos para asaltar el instituto.

–Por si acaso.

–Claro. Nunca se sabe cuándo puede ser necesario. Llegado el momento, solo hay que elegir el más adecuado a las circunstancias.

–¿Sabes? A veces, me das un poco de miedo, colega.

El setas

Quince minutos más tarde, Luisfer y yo nos encontramos en la calle trasera de nuestro instituto, vigilando la verja de entrada al aparcamiento desde la acera contraria. Hemos constatado que hay cuatro vehículos aparcados dentro: tres turismos y la vetusta furgoneta de Horacio, el encargado de mantenimiento.

–Nos sirve tanto que un coche entre como que salga –digo–. Es cuestión de esperar.

–¿Cuánto crees que tendremos que esperar? –me pregunta Luisfer, dando saltitos sobre la acera–. Lo digo porque hace un frío que espanta.

–No lo sé, Luisfer. Estas acciones no solo requieren decisión, sino también paciencia. Vamos a darnos un margen de media hora, al menos. Una hora, como máximo. Si no, pensaré en un método alternativo.

Llevamos cuarenta minutos azotados por un viento gélido que cimbrea de continuo las ramas de los álamos. Luisfer y yo estamos a punto de entrar en fase de hipotermia cuando aparece por el fondo de la calle un Skoda Octavia de color ciruela pocha que me resulta conocido.

–¡Atención! –le digo, acompañando la exclamación con un codazo.

–¿Qué pasa?

–Creo que por ahí viene el Setas.

El Setas es un tipo enjuto y amargado, profesor de latín, y que durante todo el invierno se cubre la cabeza con una boina. De ahí su apodo.

–Vamos, vamos... –lo animo, en la distancia, hablando entre dientes–. Seguro que vienes a aparcar gratis en el centro de la ciudad. Reduce la marcha, pon el intermitente... ¡Eso es! ¡Muy bien! ¡Ahí tenemos nuestra oportunidad!

El Setas ha detenido su coche frente al vado de entrada. Acciona el mando a distancia y la verja comienza a abrirse. Muuuy lentamente.

–¿Preparado?

–Estoy listo –responde Luisfer.

–A mi señal.

El Skoda avanza, por fin. Veo que se dirige hacia el fondo a la izquierda. Supongo que quiere aparcar entre un Volkswagen plateado y el todoterreno japonés blanco de doña Cecilia, la profe de música. Ese será el momento, cuando esté pendiente de la maniobra y no se le ocurra mirar por el retrovisor.

–Al cruzar la entrada, acuérdate de saltar por encima de la célula fotoeléctrica –le recuerdo a Luisfer–. Que la verja comience a abrirse de nuevo podría despertar las sospechas del Setas.

–Ya lo sé. Y en cuanto entremos, me voy hacia la derecha y me escondo detrás de los aligustres, ¿no?

–Cooorrecto. ¿Preparado...? ¡Ahora!

Corremos hacia el instituto. La verja ya se está cerrando, pero tenemos tiempo sobrado de entrar antes de que llegue al final de su recorrido. Pasamos al otro lado levantando mucho las piernas, para no cortar el haz de la célula fotoeléctrica. Resulta un poco ridículo, esa es la verdad, pero confío en que nadie nos esté mirando.

De inmediato, nos dirigimos hacia el seto de aligustres que crece bajo el alero de la zona de bachillerato y nos ocultamos tras él.

–Creo que lo hemos hecho bien –digo, entre jadeos, una vez protegidos por la barrera vegetal.

Desde allí vemos cómo el Setas abandona su coche y sale del aparcamiento por la puertecita peatonal, utilizando su llave y sin dar la menor señal de habernos descubierto.

–Bueno, ya estamos dentro. ¿Cómo haremos para salir? –me pregunta Luisfer–. ¿También tendremos que esperar a que entre o salga algún coche?

–¿Acabamos de entrar y ya estás pensando en cómo salir? Eso ya lo decidiremos en su momento. Ahora viene lo más difícil: tenemos que meternos en el edificio y llegar hasta secretaría. ¡Vamos!

Medio agachados, caminamos paralelos a la fachada en forma de ele hasta situarnos bajo las ventanas de la clase de tercero B. Allí estamos protegidos por el follaje de un enorme ciprés de doble tronco, cuyas primeras ramas nacen casi a ras de suelo. Es un árbol tremendo. He oído decir que ya estaba allí cuando se construyó el instituto y que fue indultado por el ministro de Educación.

–¡Arriba! –ordeno.

Las verjas de seguridad impiden la entrada por las ventanas del primer piso, pero son estupendas para escalar por ellas hasta la segunda planta. De este modo, llegamos hasta nuestro objetivo más rápidos que Harold Lloyd en *El hombre mosca*. Asciendo agarrándome a los resaltes de la fachada y consigo llegar hasta el alféizar de la ventana. Empujo el cristal hacia la derecha con las yemas de los dedos y, como suponía, al tener roto el cierre se desliza sin esfuerzo. Además, la persiana está atascada a media altura.

–¡Vamos allá!

Justo cuando los dos hemos logrado saltar al interior del aula, vemos que don Juan Antonio, profesor de geografía en secundaria, abre desde la calle la puertecita peatonal cargado de bolsas y se dirige hacia su Ford Focus, aparcado casi a nuestros pies.

–¡Agáchate! –me indica Luisfer.

Obedezco, pero, a la vez, lentamente, procurando no meter ruido, voy deslizando la hoja de la ventana hasta su posición original, rezando para que a don Juan Antonio no se le ocurra mirar hacia arriba.

Al cabo de un minuto, con alivio, oímos cómo arranca el Ford y el sonido de las maniobras del auto sobre la gravilla para encarar la salida.

Nos incorporamos.

–Estamos teniendo mucha suerte, colega –asegura Luisfer–. A ver si se nos va a acabar de golpe.

–No tiene por qué –digo, tratando de mostrarme animoso, aunque estoy muerto de miedo–. A partir de ahora, esto es cosa tuya, compañero. ¿Cómo llegamos hasta secretaría?

Luisfer se acerca a la puerta del aula y echa un vistazo a los dos lados del pasillo.

–Primero, tenemos que bajar a la planta principal. El problema es que las escaleras tienen sensores de movimiento, de modo que tendremos que utilizar el ascensor para discapacitados.

–Que funciona con una llave que no tenemos.

–Pero que está colgada en el cajetín del despacho del profesor de guardia.

Enseguida comprobamos que Luisfer está en lo cierto. Localizamos el despacho del profesor de guardia, abrimos un cajetín metálico que cuelga de la pared y aparecen ante nosotros no menos de veinte llaves con sus correspondiente llaveritos de plástico. En uno de color rojo figura la palabra «ascensor».

–Así me gustan las cosas. Claras y sencillas –bromeo.

Con mucho cuidado de no invadir el espacio barrido por los detectores de movimiento, llegamos hasta el ascensor, introducimos la llave y esperamos a que se abra la puerta. El aparato es lento como la justicia española y tarda no menos de un minuto en subir hasta la primera planta. En ese tiempo, crecen mis fantasmas. El miedo.

–¿No hay cámara de seguridad en el ascensor?

–Sí la hay –responde Luisfer–. Pero es solo eso: una cámara. No está conectada al sistema de alarma. Mira al suelo en todo momento para que no se te vea la cara, y listo.

Así, con la cabeza agachada y manejándonos al tentón, logramos que el ascensor nos deposite en la planta baja.

–Sal hacia la derecha, pegado a la pared –me indica Luisfer–. Y muévete muy despacio.

–¿Cómo de despacio?

–Para que los sensores de movimiento no nos detecten hemos de avanzar muy lentamente. Del ascensor a la puerta principal nos debería costar al menos tres minutos. Y luego, continuar moviéndonos siempre a esa marcha.

–¿Cómo has hecho ese cálculo?

–Se lo oí comentar una vez a don Valentín, el profesor de Física.

–Espero que supiese de lo que hablaba –susurro.

Y así, moviéndonos a cámara superlenta, pegados a la pared como salamandras, vamos avanzando por el vestíbulo principal camino del pasillo de los despachos. A mitad de trayecto, Luisfer cambia de idea.

–Deberíamos agacharnos y hacer el resto del camino reptando por el suelo.

–No fastidies...

–Así avanzaríamos en línea recta, sin tener que llegar hasta el rincón. A esta velocidad podríamos ganar quizá diez minutos.

–¡Buf...! De acuerdo.

–Recuerda: siempre muy despacio.

Ahora nos desplazamos como cucarachas; o, más bien, como babosas gigantes, deslizándonos lentamente sobre el pecho y la tripa. Menos mal que el personal de limpieza es muy eficaz y el suelo del vestíbulo está aproximadamente limpio. Con todo, no creo que presentemos muy buen aspecto al salir de aquí.

De pronto...

–¡Ay! ¡Ayayayayay...! –oigo gemir a Luisfer. Y, con ello, se me acelera el corazón.

–¿Qué te pasa?

–¡Auxilio! ¡Me está dando un calambre!

–¿Dónde?

–En el... ¿y eso qué más da? ¡En el culo, caramba!

–Tranquilo, tranquilo... trata de relajarte. Aplástate contra el suelo y quédate inmóvil hasta que se te pase.

–¡Que no se me pasa! ¡Al revés! ¡Ay, ay...! ¡Se me está haciendo un nudo marinero en el glúteo derecho! ¡Qué dolor!

–Será cosa de un momento, ya lo verás. Aprieta los dientes. ¡Aguanta! ¡Respira hondo! ¡Y no te muevas, por Dios!

Tras los dos minutos más largos de mi vida, oigo de nuevo la voz de Luisfer. Muy débil.

–Ya... ya parece que... se me está pasando...

–¿Seguimos?

–Sigue tú. Sigue y espérame en el arranque del pasillo.

Sigo avanzando, controlando, despacio, suavemente.

–¡Conseguido! –le digo, al llegar–. Es tu turno.

Arrastrándose solo sobre la mitad del cuerpo, para evitar que se le reproduzca el calambre, Luisfer avanza muy poco a poco hasta mi posición. Cuando llega junto a mí, caigo en la cuenta de que ya es de noche. Tiempo de escalofríos. Solo distinguimos lo que nos rodea gracias a las lucecitas de emergencia. El instituto empieza a parecer la nave Nostromo.

Cuando se incorpora, Luisfer grita de dolor y me veo obligado a darle un masaje en el trasero.

–¿Mejor?

–Un poco mejor, sí –reconoce, al rato.

Arrastrando la pierna derecha como un tullido, Luisfer avanza por el pasillo hasta el despacho de secretaría. Una vez allí, con total seguridad, elige uno de los cuatro ordenadores que tenemos a la vista y lo conecta. El zumbido parece la respiración de Alien.

Mientras se carga el sistema operativo, Luisfer echa un vistazo a un cuartito accesorio lleno de grandes cajas de interruptores, diferenciales y contadores eléctricos. Tras examinar algunos de ellos con detenimiento, lanza una maldición irreproducible.

–¿Qué ocurre?

–¡No me lo puedo creer! ¡El circuito de seguridad está desconectado!

–¿Qué?

–Que nos podíamos haber ahorrado el cruzar el vestíbulo reptando a paso de caracol. ¡Los sensores de movimiento no funcionan! ¿Cómo se puede ser tan descuidado? Llegan las vacaciones, en las que el instituto va a estar cerrado un montón de días y se olvidan de conectar el sistema de seguridad. ¡El colmo!

–¿Y qué hacemos? ¿Presentar una queja?

–Lo haría muy a gusto si no fuera porque eso nos delataría.

–Bueno... a nosotros nos va a venir muy bien. Así, ya no tenemos que andarnos con miramientos para ir de un lado a otro.

Luisfer, brazos en jarras, sacude la cabeza, con disgusto. Se lo ve realmente contrariado. Por fin, resopla.

–Bien. Hagamos lo que hemos venido a hacer.

El ordenador ya está listo, dispuesto para el trabajo. De inmediato, Luisfer accede a la web del instituto, entra en la zona reservada a los profesores y teclea una clave de acceso.

Al momento lanza una exclamación terriblemente obscena.

–¿Qué pasa? –pregunto, escandalizado.

–¡La clave no es válida! Han debido de cambiarla hace poco, maldita sea...

–¡No es posible! ¿Y ahora qué hacemos?

Luisfer mueve la cabeza como un perro de automóvil.

–No lo sé.

Es entonces cuando la decepción por el inesperado inconveniente se ve de golpe sustituida por la desazón que nos provoca el característico sonido de una puerta que se abre no muy lejos con cierto estrépito, al tiempo que se enciende la luz del pasillo.

Luisfer y yo nos miramos espantados durante medio segundo. ¡Cielos! ¡Hay alguien más en el instituto! Sin duda, el octavo pasajero.

Sin necesidad de cruzar una sola palabra, nos ocultamos debajo de la mesa, aunque Luisfer se retrasa unos segundos cerrando pantallas y estableciendo el proceso de suspensión del ordenador.

–¿Por qué tarda tanto en suspender? –lo oigo murmurar.

–¡Deja eso y agáchate, maldita sea!

Ya precariamente escondidos bajo la mesa del secretario, oímos pasos y otros sonidos más difíciles de identificar acercándose a nuestra posición desde el fondo del pasillo.

–Estamos perdidos... –susurro al oído de mi amigo–. El ordenador sigue encendido. Eso nos va a delatar.

–Condenada informática...

Por suerte, justo un instante antes de que el intruso misterioso llegue ante la puerta, el ordenador completa su ciclo de apagado. La pantalla queda oscura. Los ventiladores de la CPU dejan de soplar.

Es un pequeño alivio, pero la tensión sigue siendo máxima. Hay alguien ahí, a diez pasos de nosotros. Un ser. No sabemos de quién se trata, pero, si nos descubre, no solo nos expulsarán del instituto, sino que, probablemente, acabaremos en comisaría, fichados como delincuentes por allanamiento de instituto con el agravante de escalo.

Los corazones nos laten con tal fuerza que estoy convencido de que su sonido puede oírse desde la pecera del conserje.

Tras unos segundos de tensión, oímos un clic, parpadean los fluorescentes y, de inmediato, la luz inunda el despacho en el que nos encontramos. Tengo que hacer un gran esfuerzo para no gritar.

Cortan el aire sonidos difíciles de traducir. El desconocido canturrea por lo bajini una canción de Celtas Cortos. Está manipulando algo en la mesa contigua a la nuestra. A dos metros de nuestra posición. Parece estar desenchufando algún aparato eléctrico que ahora carga en brazos, con un pequeño gruñido motivado por el esfuerzo. Sale del despacho. Vuelve a entrar y repite la operación en la mesa siguiente.

De repente, Luisfer se mueve y busca echar un vistazo, asomándose más allá de los límites de nuestro escondite. Sin duda, trata de averiguar qué está sucediendo realmente ahí fuera. Y ante mi pasmo y mi desconcierto, unos segundos más tarde, mi amigo se pone en pie.

Oigo el pequeño alarido de sorpresa del desconocido... que resulta no ser tan desconocido.

–¡Aaah...! ¡Castillejos! ¿Qué haces aquí? –exclama.

–También yo podría hacerte esa misma pregunta. ¿Qué estás haciendo tú aquí, Horacio? –dice Luisfer, muy firme, recalcando la palabra «tú».

Dado que nuestra ocultación carece ya de sentido, también yo me pongo en pie. Mi presencia pone aún más nervioso a nuestro encargado de mantenimiento.

–¿Qué es esto? –balbucea–. ¿Cómo habéis entrado?

–Ahora entiendo por qué estaban desconectados los sensores del sistema de alarma. Los has desconectado tú.

–S... sí, claro. Estoy autorizado.

–¿Quieres decir que estás autorizado... a apropiarte de todo ese material?

La situación es un tanto surrealista y totalmente embarazosa; al menos, para mí. Horacio conversa con nosotros mientras carga en los brazos, como si fuera un bebé, el servidor de la red interna del centro. A través del hueco de la puerta, podemos ver, en el pasillo, un carrito de supermercado atestado de portátiles, un par de amplificadores de sonido y varios estuches con instrumentos, sin duda procedentes del aula de música.

–Son... aparatos estropeados. Los estoy cogiendo para llevarlos a reparar.

Aunque lo hubiese dicho con muchísima más convicción seguiría sin resultar creíble.

–De modo que... vas a llevar a reparar esos clarinetes. Curioso.

Horacio no sabe qué replicar. Vuelve a depositar el servidor en su lugar. Nos señala luego con un dedo tembloroso.

–Estáis aquí sin permiso. Os podéis buscar un lío de aúpa. Será mi palabra contra la vuestra.

–Muy bien –admite un Luisfer frío como el hielo–. ¿Por qué no llamamos a la policía y al director? Nosotros asumimos las consecuencias de haber entrado aquí sin permiso y tú les explicas qué pensabas hacer con todas las cosas que has cargado en ese carrito. ¿Te parece?

Luisfer levanta su móvil y hace el gesto de ir a apretar la tecla de llamada.

–¡Espera! –suplica Horacio, tras un segundo de duda–. Espera, espera... Tal vez... tal vez podamos dejarlo todo en este punto, ¿no os parece? Aún no ha pasado nada irreparable. Lo devuelvo todo y me olvido de que os he visto aquí. Y a cambio, vosotros... vosotros también... mantenéis la boca cerrada.

–¡Uf...! ¡Qué mal suena eso, Horacio!

Ahora sí se produce un silencio largo y tenebroso, que acaba por romper el propio encargado de mantenimiento.

–Está bien: ¿qué queréis? –pregunta en tono de rendición–. Decidme qué queréis a cambio de no delatarme.

Yo no sabría qué responder. Luisfer, en cambio, como si se tratase de un examen que hubiese preparado, no duda:

–Quiero las nuevas claves para entrar en la zona web de secretaría.

Hay alivio en la mirada de Horacio.

–Las conozco. El secretario me pidió ayuda para cambiarlas el último día de clase. ¿Qué queréis? ¿Alterar vuestras notas?

–Cree el ladrón que todos son de su condición –refraneo, de inmediato.

–Canta, Horacio –le exige Luisfer, mientras saca el ordenador del estado de suspensión–. Es tu única oportunidad.

Horacio se lo piensa poco. Deletrea las nuevas claves que, en efecto, abren la puerta hacia la zona reservada al secretario.

–¡Premio! –dice Luisfer, para sí–. Ya puedo consultar las fichas de los alumnos.

Dos pantallas más adelante, tenemos ante nosotros la ficha personal de Valeria Lemonova Panadero. Intento pasar por alto los datos que no me conciernen y localizar directamente la información que hemos venido a buscar.

–¡Aquí está! –dice Luisfer, tocando con el dedo un punto de la pantalla.

Tras un clic de ratón surge ante nosotros el dato revelador. Como segundo adulto al que avisar en caso de emergencia aparece, en efecto, su abuelo materno: Matías Panadero. Teléfono fijo: NO. Teléfono móvil: NO. Otro modo de contacto: Mediante radio, avisando al centro de emergencias 112 de Jaca, Huesca. Dirección de residencia: Plaza Mayor, N.º 3 22830 OSIA (Huesca).

–Lo tenemos –dice Luisfer–. Ni Osera ni Osorio ni Osea. ¡Osia! Ese es el nombre del pueblo.

–Y, por lo visto, don Vladimir era sincero cuando me dijo que se trataba de un lugar sin cobertura telefónica.

–Una gota de verdad en medio de un mar de mentiras –rezonga mi compañero.

Tras tomar nota de los datos y apagar el ordenador del secretario, acompañamos a Horacio a devolver a su lugar todos los objetos sustraídos. Finalmente, conectamos el sistema de alarma y salimos los tres por la puerta principal.

Justo cuando ya íbamos a abandonar el aparcamiento, Luisfer vuelve a sorprenderme al acercarse a la furgoneta de Horacio y hablarle a través de la ventanilla.

–Supongo que después de desvalijar el instituto no pensarías regresar tras las vacaciones y hacerte el loco.

–Claro que no. No iba a volver. Pero ahora que todo está en su lugar y no hay pruebas de nada, quizá me reincorpore a mi puesto como si nada. Solo para haceros la vida imposible a ti y a tu amigo.

–¿Eso es una amenaza?

–Claro que lo es.

Luisfer chasquea la lengua.

–Si eres un poquitín listo, seguirás con tus planes iniciales y no volverás por aquí.

Ambos se miran en silencio.

–Tengo que pensarlo.

–No tienes nada que pensar. Hasta nunca, Horacio. Y felices pascuas.

Cuando la furgoneta blanca se pierde por el fondo de la calle, nosotros seguimos de pie, en la acera.

–¿De dónde demonios sacas esas frases? –le pregunto a Luisfer.

–De películas de cine, por supuesto. Y, últimamente, también de series de televisión. ¿Has visto algún capítulo de *Los Soprano*?

–No.

–¿*The French Connection*?

–No.

–¿*Harry el Sucio*?

–Tampoco.

–En fin...

* * *

Osia

Al regresar a casa, sí logramos localizar Osia en el Google Maps, barriendo con detenimiento la comarca de la Jacetania.

–¡Míralo! Osia. Ahí lo tenemos. Un pueblo minúsculo, ciertamente.

–¿De veras crees que Valeria puede estar allí?

Me encojo de hombros.

–Ni lo creo ni lo dejo de creer. Tal vez tengas razón y su padre no sea de fiar, pero es nuestra pista principal y pienso que deberíamos seguirla, a ver adónde nos conduce.

–Pero es difícil de comprobar. Osia está lejísimos de aquí. Y, por lo que veo, no hay tren ni autobús de línea –comenta Luisfer.

–Sin embargo... no está demasiado lejos de Jaca, que es un sitio importante –le hago notar, midiendo la distancia en la pantalla.

–¿Estás hablando de viajar a Jaca y, una vez allí, buscar algún modo de llegar hasta Osia?

–Eso lo encuentro demasiado complicado. Lo que estoy pensando es que Cuca y Nati están en Jaca, con sus padres. Tal vez ellas podrían...

Luisfer suspira. Está muy suspirador, últimamente.

–Entiendo. Pero no le voy a pedir a Nati que vaya hasta Osia para ver si encuentra allí a la rusa, ¿verdad?

–¡Uf...! Eso, desde luego, me parece una propuesta de lo más descabellada.

–Pero, en cambio... se lo podrías pedir a Cuca. Ella sigue siendo tu novia.

Chasqueo la lengua antes de aceptar.

–Me temía que me lo ibas a proponer. No es mala idea, pero habrá que hacerlo sin que sospeche por qué buscamos a la rusa. Si se entera que eres tú quien va detrás de ella, se lo chivará a su hermana de inmediato.

–Claro, claro, tienes razón.

Saco mi teléfono móvil y hago correr la agenda de contactos hasta encontrar la foto de Cuca, que me sonríe en bikini desde la playa de Salou, con el pelo revuelto por el aire del pasado verano, con el embriagador azul del Mediterráneo como fondo. ¡Por dios, qué guapa está!

Pulso la tecla y, tras unos segundos, oigo el tono de llamada, que suena. Y suena, suena, suena, suena...

–Parece que no tenemos suerte con las llamadas telefónicas... –comenta Luisfer.

De pronto, cuando estoy a punto de rendirme, Cuca descuelga. De fondo, se oye un guirigay impresionante. Conecto el altavoz.

–¿Cuca? ¿Me oyes, Cuca? –grito.

–¡Félix! ¡Qué sorpresa! ¿Cómo estás, pichón?

¿Pichón? Parpadeo. ¿De veras me ha llamado pichón?

–¡Estoy bien, estoy bien! ¿Cómo estás tú?

–¿Qué dices?

–¿Que cómo estás? –vocifero.

–¡Habla más fuerte, que apenas te oigo!

–¿Más fuerte aún? ¡Pero, mujer, si tengo que hablar más fuerte, no sé para qué necesitamos el teléfono! ¡Me asomo al balcón y hablamos! ¡Je!

–Pero ¿qué dices?

–¡Que no puedo gritar más o los vecinos pensarán que me ocurre algo grave! ¡Oye! ¿Por qué hay tanto ruido? ¿Dónde estás?

–¡En la pista de hielo!

–¿Patinando?

–¡Sí! No, bueno, ahora estoy en la cafetería, con unos chicos de Pamplona, graciosísimos, que acabamos de conocer.

¿De Pamplona y graciosísimos? No me cuadra.

–Oye, te llamaba para pedirte un favor...

–¡Espera! Espera, que apenas te oigo... ¡ay! ¡Estate quieto!

–¿Qué me esté quieto...?

–No es a ti, es a uno de los de Pamplona, que no hace más que pellizcarme el brazo. ¡Ay, ay...! ¿Te vas a estar quieto?

Al oír eso, siento que me crecen los incisivos, como al conde Drácula.

–Oye... ¡Cuca! ¿Me puedes explicar qué está pasando ahí...?

–¡Un momento!

Oigo ruidos diversos y, por fin, el golpe de una puerta que se cierra. Entonces, el barullo de fondo se atenúa considerablemente.

–¡Ya está! Me he metido en el lavabo de señoras. ¡Uf! No veas lo difícil que es moverse por aquí con los patines puestos.

–¿Estás sola o con el pellizcador de Pamplona?

Cuca lanza una carcajada.

–¡Pero mira que eres tonto! Sola, naturalmente. Oye, ¿qué pasa? ¿No quedamos ayer en que te llamaría yo?

–Sí, pero... ha surgido un imprevisto y tengo que pedirte un favor.

–Para ti, lo que sea, pichiruchi.

Luisfer hincha los carrillos para no echarse a reír.

–En realidad, no es un favor para mí, sino para... –respiro hondo para tratar de pensar con sosiego– ... para un caso que está investigando mi madre.

–Ah. Es importante, entonces.

–Podría serlo.

–¡Uuuh...! Me encanta colaborar en una investigación. ¿De qué va la cosa? ¿Un asesino? ¿Un asesino múltiple? ¿Varios asesinos múltiples?

–Eso no puedo decírtelo, Cuca. Ya comprenderás que se trata de un tema reservado.

–Vale, vale, déjate de rollos. ¿Qué tengo que hacer?

–¿Conoces un pueblo llamado Osia?

–Ni me suena –responde ella, tras unos segundos.

–Saliendo de Jaca por la carrera que lleva a San Juan de la Peña, encuentras el desvío a unos diez kilómetros.

–Ya. Pues no, la verdad.

–¿Crees que podrías... ¡ejem...! convencer a tus padres para ir hasta Osia a pasar una tarde? Es un pueblo muy bonito, al parecer.

–Hombre... podría ser. Y después, ¿qué?

Ahora viene lo difícil.

–Verás, estooo... ¿Recuerdas a la chica rusa del instituto? Valeria Lemonova.

–¿La Pera Limonera? Claro que me acuerdo. Es una tipa bastante llamativa, hay que reconocerlo.

–Bueno, pues... mi madre necesita saber si está en Osia.

–¿Tienes su dirección?

–No, pero es un pueblo minúsculo, de apenas veinte habitantes. Si vas por allí, seguro que cualquier vecino sabrá decirte si hay una chica rusa pasando las navidades con su abuelo. El abuelo se llama Matías. Matías Panadero.

–Ajá. Pues, mira, estoy pensando que mañana no podremos subir a esquiar porque han anunciado ventisca en las pistas, así que, esta noche, durante la cena, le propondré a mi padre ir a Osia por la mañana. Le encanta descubrir rincones ocultos del Pirineo.

–¡Mañana mismo! Eso sería fantástico. Si encuentras a la rusa, te haces unas fotos con ella y me las envías por guasap, ¿vale? ¡Te quiero!

–Yo también te quiero, pedorro. Oye, ¿estás solo?

–Pueees... no. Estoy con Luisfer. Con Luisfer y con unas chicas de Pamplona, graciosísimas, que acabamos de conocer.

Un silencio, hasta que la oigo reír de nuevo a carcajadas.

–¿Sabes por qué me gustas tanto?

–Porque soy muy guapo y muy listo.

–Porque tienes sentido del humor y no eres nada celoso. Iba a decirte algunas cosas cariñosas, pero si estás acompañado, mejor te llamo esta noche cuando vuelva a casa. ¡Hasta luego, pimpollo! ¡Adiós, Luisfer!

–¡Adiós! –exclamamos los dos a la vez.

Luisfer me mira, sonrientísimo.

–Pedorro, pichón, pimpollo, pichiruchi... oye, lo tuyo con Cuca va viento en popa, por lo que veo.

–Y no como lo tuyo con Nati –replico, cáustico.

–Cierto –admite, pesaroso, alzándose de hombros–. Ella nunca me llamó pichiruchi. Quizá eso fue lo que acabó con nuestro amor.

Pizza

Mi madre cocina fatal, pero hay que reconocer que hace los pedidos de comida por teléfono como nadie. Nunca se conforma con las ofertas establecidas, sino que pregunta y pregunta y les aprieta las tuercas a los empleados hasta que le ofrecen el Giraldillo en bandeja con salsa barbacoa. Esta noche, ha vuelto a ocurrir. A base de perseverancia, ha conseguido una pizza superfamiliar a un precio que produce sonrojo.

Ha llegado a casa cuando Luisfer estaba a punto de marcharse a la suya, pero lo ha convencido para que se quedase a cenar. Luego, con la excusa de que estaba cansadísima y de que no había nada de valor en la nevera –vaya novedad, en nuestra nevera nunca hay nada de valor; al menos, de valor nutricional–, ha tomado el teléfono y ha empezado a negociar con el pizzero hasta conseguir su rendición absoluta. Media hora más tarde, un motorista con cara de afilador húngaro nos ha traído una cuatro estaciones del tamaño de una paella para doce.

Apenas le habíamos hincado el diente al segundo triángulo, cuando Luisfer se ha interesado por el caso que está investigando mi madre. Craso error.

–Me ha dicho Félix que está usted buscando la bicicleta de Pilonguito.

–¿Pilonguito? ¿No se llama Eduardo?

–Eduardo, sí. Pero a su hermana Pilar la llaman Pilonga, así que él es Pilonguito desde que nació. Supongo que cuando se haga mayor lo llamaremos Pilongo o Pilongote pero, de momento...

–Pobre chico.

–¡Qué va! Yo creo que lo lleva bien –intervengo.

–¿Y ha dado ya con alguna pista sobre el paradero de la bicicleta?

–No, pero voy estrechando el cerco. Hoy he visitado todos los talleres de reparación de bicicletas del barrio. Mañana extenderé la búsqueda a los barrios limítrofes.

Reconozco que las estrategias investigativas de mi madre me resultan incomprensibles.

–¿Por qué piensas que han llevado la bici a un taller? –le pregunto–. Estaba prácticamente sin estrenar, ¿no?

–Por eso: se trata de un modelo nuevo, bastante peculiar, llamativo. Y, según me han dicho, se han robado varias iguales en los últimos días. Seguro que los ladrones intentan modificarla y pintarla de otro color, para despistar.

–Tampoco es un Ferrari, ¿eh, mami? Quizá los ladrones intenten llevársela a otra ciudad y venderla allí tal cual, sin modificar.

–Podría ser, sí. Pero yo creo que no.

–¿Por qué?

–Intuición femenina.

¡Zas! Ya estamos. Intuición femenina. El argumento irrebatible para cualquier hombre de sexo masculino. En fin... No sé cómo decirle que su teoría no tiene ni pies ni cabeza. Supongo que lo mejor será dejar que ella misma aprenda de sus errores.

En ese momento, suena su teléfono y mi madre salta del sofá con la agilidad de una gacela Thompson.

–¡Debe de ser tu padre! –aventura, nerviosa e ilusionada, mirando la pantallita–. Pone «llamada encriptada», así que tiene que ser él.

–¿Desde dónde llama?

–No lo sé, ya sabes que sus misiones son ultrasecretas. Utiliza el teléfono por satélite, de modo que estará lejos. En algún país exótico, sin duda: Tailandia, Sudáfrica, Portugal… vaya usted a saber.

Desliza el dedo por la pantalla y se acerca el móvil a la mejilla.

–Hooola, tigre… –dice, en un tono tan seductor que me endulza la saliva.

Se apropia de inmediato de otro de los triángulos de la pizza y corre a encerrarse en su dormitorio para continuar la conversación.

Luisfer me mira con una sonrisa algo boba en los labios.

–Es estupendo ver a tus padres tan enamorados.

–Si tú lo dices…

–Hombre, mejor eso que verlos siempre discutiendo, como les pasa a los míos.

–En eso llevas razón.

Mi amigo se frota la cara con las manos repetidas veces, como si quisiera lavarse el rostro con un agua invisible. Se recuesta en el sofá, saca el móvil y busca en la galería de imágenes una foto de su novia rusa. La contempla largamente.

–Tiene que ser tremendo…

–¿El qué?

–Perder a quien más quieres en el mundo. De repente. Durante años, no saber dónde está. No saber siquiera si está viva o muerta. Y así hasta agotar la esperanza.

–Por supuesto, terrible, terrible. Pero eso no te va a ocurrir a ti con Valeria.

–¿Cómo lo sabes? –se le quiebra la voz al preguntar–. ¿Y si no vuelvo a verla en los próximos quince años, como le ocurrió a tu madre con tu padre?

No sé si se trata de una pregunta retórica, pero en ese momento soy consciente de que mi amigo vive realmente angustiado ante la posibilidad de perder a su chica para siempre. Ya no me cabe la menor duda de que está coladísimo por ella. Lo debe de estar desde hace tiempo. De hecho, ya debía de estarlo cuando asistimos a aquella primera sesión en el cine Kirov.

Parezco idiota. ¿Cómo es que no me di cuenta desde el primer momento?

El Kirov

–¿Y qué echan?

–Se titula *Moscú no cree en las lágrimas.*

–Uf...

–No resoples. Tuvo el Óscar a la mejor peli extranjera en mil novecientos ochenta. Tiene que ser buena a la fuerza.

–¡Qué dices! Será un rollazo soviético, Luisfer. Seguro. ¿No prefieres ir a ver una de esas tan malas, de superhéroes?

–Que no hombre, que no. *Los vengadores* y melonadas similares son para gente que carece de espíritu crítico, mientras que nosotros somos tipos inteligentes y con criterio.

–Ah. No sabía que... bueno, bien. Vale.

–¡Claro, hombre! Ya verás cómo esta te gusta. Cuenta la relación de tres amigas rusas a lo largo de toda su vida.

–¿De toda su vida? Madre mía...con lo lentos que son los rusos contando historias.

–¿Lentos? ¿Por qué lo dices?

–Hombre, si Tolstói necesitó mil páginas para contar la vida de Ana Karenina, imagina lo que hace falta para contar la vida completa de tres amigas. ¿Has traído merienda?

Al acercarnos a la taquilla para sacar las entradas, fue cuando descubrí, al otro lado de la puertecita de cristal, a Valeria Lemonova. Entonces aún no tenía la menor idea del papel que estaba jugando en la vida de mi mejor amigo.

–¡Anda, mira! –le dije a Luisfer, tras propinarle un codazo– ¿Esa no es la chica rusa que viene al instituto?

–¿Eh? ¿Una chica rusa? No... no sé quién dices.

Luisfer tiene muchas virtudes, pero el disimulo no es una de ellas, así que me olí la tostada de inmediato.

–¡Sí, hombre! Que la llaman La Pera Limonera o algo parecido.

–Eeeh... vaya, ahora que lo mencionas... sí, sí, ya sé quién dices. Pero no es ella. ¿O sí?

–¡Pues claro que es ella! Recuerdo que Pilonga descubrió que su padre trabajaba en un cine. Debe de ser este. Además, es inconfundible.

–¿Hablas del padre o del cine?

–¡Hablo de ella, demonios!

–¿Por qué es inconfundible?

–¡Porque es una auténtica preciosidad! ¡Por eso! Oye, ¿a ti qué te pasa? Madre mía... ¿has visto esos ojos oscuros, esas pestañas grises y espesas como manojos de boquerones...?

–Ya saco yo las entradas –dijo Luisfer, cambiando de tercio–. Te invito.

De inmediato, me llevé las manos al pecho, de manera un tanto exagerada.

–¿Invitas? ¿Tú? ¿He oído bien? ¿En serio? No me lo puedo creer. ¿Te encuentras enfermo?

–Oye... ¿Me estás llamando tacaño?

–No tanto. Digamos... escasamente generoso. Ligeramente agarrado. Objetivamente roñoso. Sí, Luisfer, sí: reconócelo y te sentirás mejor contigo mismo.

Luisfer sacudió la cabeza con disgusto.

–Eres injusto conmigo. Recuerdo perfectamente que el día en que nos conocimos te di la mitad de mi merienda.

–¡Venga ya! Lo hiciste porque querías hacerte mi amigo. Y yo te recuerdo que aún íbamos a la guardería. Desde entonces, nada de nada. Ni un triste donut.

–Bueno, vale, pues hoy te invito al cine, mira por dónde. Para romper con esa mala imagen. La gente tiene derecho a cambiar, ¿no?

–Claro, claro. Solo digo que me parece raro, a estas alturas.

Luisfer se dirigió a la taquilla exhibiendo la más panorámica de sus sonrisas.

Luisfer se acercó sonrientísimo a la taquilla del Kirov.

–Hola. ¿Me das dos entradas para la sesión que empieza ahora? Por favor.

La chica lo miró a los ojos.

–¿Cerca o lejos?

–Cerca –y bajó el tono al añadir– cerca... de ti.

–Entonces, tendrá que ser lejos –replicó ella, sin inmutarse–. Fila veinte. Butaca de pasillo.

–Bien.

–Son doce euros.

Él le entregó un billete de veinte y ella le dio los cambios y las dos entradas. En la operación, se rozaron las manos.

–Pensaba que no vendrías –susurró la chica.

–Te dije que lo haría. Y yo nunca falto a mi palabra.

Llamada sorpresa

Llevamos unos minutos sin cruzar palabra, sentados en el sofá, uno a cada lado de la caja ya casi vacía de nuestra superpizza. El vecino de al lado tiene puesta la tele y se oyen risas y aplausos de lata apenas amortiguados por los tabiques.

Luisfer está pensando en ella; lo sé. Lo sé solo con mirarlo. Lo conozco como si fuera mi hermano gemelo. Se le ha puesto la mirada soñadora y las comisuras de los labios curvadas hacia abajo. Es un signo delator.

–¿Quieres un yogurt desnatado o un flan? Es lo único no nauseabundo que tenemos en la nevera.

–Gracias, pero no –me responde–. Estoy tan preocupado que he perdido el apetito por completo.

–Bueno... no niego que estés preocupado, pero la falta de hambre igual se debe a que te has comido casi media pizza tú solito.

Luisfer me mira con disgusto.

–No seas cruel, Félix. Me he comido la pizza por no despreciar la invitación de tu madre.

–Ah. Caramba, admito que posees grandes cualidades como actor. Viendo cómo untabas cada bocado en la salsa chimichurri, nadie habría dicho que te la zampabas a disgusto.

–Ha sido duro, no lo niego.

Me mira de soslayo, se levanta, va a la nevera, la abre y coge el último flan. De queso. Empieza a comérselo a cucharaditas, en el propio envase de estaño, con la mirada perdida en el armarito de las especias.

No cruzamos palabra en el tiempo que le lleva comerse el flan. Al terminar es cuando toma su móvil y acaricia la pantalla con el dedo. Busca el perfil de su chica y pulsa la tecla de llamada. Por novena vez en las últimas treinta y seis horas.

Suena y suena, sin resultado.

–¿Dónde estás? –susurra para sí, la voz rota, un pelín excesivamente dramático–. ¿Dónde estás, Lera, amor mío?

Se sienta en un taburete, coloca las manos sobre la mesa, la izquierda sobre la derecha y la frente sobre el dorso de la izquierda. Y permanece así, cabizbajísimo, mientras los zumbidos intermitentes van desmoronando la esperanza de localizar a la rusa como las olas van dando cuenta de un castillo de arena.

–¿Lo tendrá en silencio, sin saberlo? –aventuro, por ofrecer un hálito de esperanza.

De pronto, inesperadamente, justo sobre el final de mi frase, la pantalla se ilumina y cambia. A través del altavoz, oímos una voz femenina.

–¿Hola? ¿Luisfer? ¿Eres tú, Luisfer?

Luisfer se pone en pie de un salto y toma el móvil con las manos temblorosas.

–¿Valeria? ¡Valeria, por fin! ¿Dónde estás?

Valeria no responde y el vacío que provoca su silencio da vértigo. Por suerte, dura poco; hasta que la misma voz de antes vuelve a hablar.

–No, no soy Valeria. Soy Elvira.

Nos quedamos estupefactos. Sobre todo, yo.

–¿Qué...? –exclama Luisfer con perplejidad–. ¿Elvira? ¿Qué Elvira?

–Elvira, la madre de Félix.

Luisfer y yo nos miramos con la boca completamente abierta.

–¿Qué demonios está pasando...? –pregunto.

Un segundo y medio más tarde, se abre la puerta del dormitorio de mis padres y, tras ella, aparece mi madre. Lleva dos móviles, uno en cada mano. El suyo, en la izquierda. Y un BQ de color magenta en la derecha, que alza hacia nosotros. Desde la pantalla, nos sonríe la imagen de un Luisfer apenas unos meses más joven que en la actualidad.

–Ese... es el móvil de Valeria –murmura él, asombradísimo, al reconocerlo.

Mi madre se encara con mi amigo.

–Y... ¿se puede saber qué hace el móvil de tu novia rusa en el cajón de la mesilla de mi marido?

Las fuerzas del mal

Nos hemos quedado los tres de piedra basáltica. Como si nos hubieran caído dos rayos a cada uno.

Durante un tiempo larguísimo, Luisfer, mi madre y yo nos miramos mutuamente, perplejos como lémures. Sin duda, elaborando en nuestras cabezas las teorías más disparatadas para tratar de dar solución a aquel enigma.

–¿Dices que estaba en la mesilla de papá? –le pregunto, de pronto, antes de que la tensión se vuelva insoportable.

Mi madre tarda en responder. Creo que hasta le cuesta respirar.

–Acababa de colgar, tras conversar con tu padre, cuando he oído un zumbido intermitente, lo típico de un móvil en silencio. Me ha costado unos segundos pero, al fin, lo he localizado en el cajón de su mesilla de noche. Cuando he visto en la pantalla que quien llamaba era Luisfer, me he quedado patidifusa.

De nuevo, nos miramos largo rato, sin saber qué decir. Hasta que el propio Luisfer se anima a lanzarle a mi madre una nueva pregunta.

–¿Esto significa que su marido tiene algo que ver en la desaparición de Valeria?

–¡Y yo qué sé! Pero, desde luego, resulta sospechosísimo.

–¿No puedes devolverle la llamada a papá ahora mismo y preguntarle? –propongo.

–No. Me ha llamado desde un teléfono satelital, encriptado y no identificable. Cosas de espías, ya sabes.

–¿Cuándo te volverá a llamar?

–Me ha dicho que llamará de nuevo mañana a estas horas. A no ser que se lo impidan las fuerzas del mal.

–Cuando lo haga, acuérdate de preguntarle por Valeria.

–¡Desde luego! ¡No veas la curiosidad que tengo!

Tras unos minutos ciertamente incómodos, mi madre dice estar muy cansada por haberse pateado el barrio de punta a punta en busca de la bicicleta de Pilonguito y se va a dormir.

Acto seguido, Luisfer también anuncia que se marcha a su casa. Pero lo hace en el mismo tono y con la misma cara con los que me anunciaría que se va a tirar al río. Algo en mi interior, uno de esos mecanismos inexplicables, propios de la amistad, me dice que no puedo permitir que se vaya en ese estado. Tan solo y tan triste. Tan vencido. Tan mal.

–Te acompaño hasta tu casa –le digo.

–Ni hablar –rechaza, categórico–. Luego, yo me veré en la obligación de acompañarte de vuelta aquí y, después, tú lo mismo conmigo; y nos pasaremos así la noche entera, vagando como dos malditos zombis, yendo y viniendo por la ciudad, vagando por las aceras hasta el amanecer.

–Vale. Entonces... ¿por qué no te quedas a dormir? ¿Eh? Nos hacemos una tonelada de palomitas de microondas y buscamos una de esas pelis malísimas que echan durante la madrugada en las cadenas de la TDT. Como cuando aún íbamos a primaria.

Luisfer se vuelve hacia mí. Serio, pero con la mirada de terciopelo.

–De acuerdo –accede, sin pensárselo apenas–. Gracias, socio.

Socio. De vez en cuando, muy de vez en cuando, Luisfer me llama socio. Creo que lo oyó en una película de Martin Scorsese.

Intuyo que es su máxima expresión de afecto.

Solos en la madrugada

Después de tragarnos *Tiburón 5* y *Rocky 7*, apago el televisor.

–¿Qué hora es?

–Las tres menos diez. Quizá deberíamos irnos a dormir.

–No creo que pueda conciliar el sueño. Me quedo a ver *Star Trek 8*, que empieza dentro de diez minutos en el canal Cutrex. Vamos, si no te importa.

No puedo evitar un bostezo paquidérmico e interminable.

–Pues claro que me importa, Luisfer. Somos amigos y me preocupa verte así, tan desanimado. No pienso dejarte aquí con la única compañía del señor Spock. ¿Por qué no me dices lo que te ocurre realmente?

Luisfer abre los brazos de par en par, desvalido como nunca.

–Si ya lo sabes: es por lo de Valeria.

–Claro, claro, lo de Valeria. Pero yo creo que deberías intentar dormir. A estas horas no podemos hacer nada y seguro que mañana tendremos noticias de ella. Buenas noticias. Por un lado, en cuanto llame mi padre y nos explique por qué tenía su teléfono en la mesilla de noche. Por otro, si Cuca y Nati van a Osia con sus padres, también conseguirán información. De un modo u otro, algo averiguaremos, ya lo verás.

–Espero que tengas razón.

–¡La tengo! ¡Esto va viento en popa, hombre! La que lo tiene crudo es mi madre, con lo de la bicicleta de Pilonguito. Eso sí es un verdadero marrón. Esto, en cambio, está chupado. En apenas unas horas hemos encontrado dos líneas de investigación importantes. Darán resultados enseguida, no te preocupes.

Luisfer asiente con la cabeza y suspira profundamente.

–Sin embargo no creo que pueda dormir hasta que sepamos algo de ella.

Se echa hacia atrás en el sofá. Cierra los ojos. De pronto, descubro un punto brillante que le resbala por el borde de las pestañas. Juraría que está llorando... sí, desde luego que está llorando porque acaba de contener un puchero, lo he notado con toda claridad.

No sé qué hacer. No lo veía llorar desde la tarde en que se cayó de lo alto del tobogán de la guardería y se abrió una ceja. Teníamos seis años.

–Quizá te estás preocupando en exceso. Tal vez estás viendo fantasmas donde no los hay, sencillamente porque estás... enamorado. –Me mira–. Porque lo estás, ¿verdad?

Sigue mirándome. Asiente.

–Por primera vez.

–Por primera vez, ¿eh? Pues... tiene mérito, porque yo creo que en estos últimos años te he visto ligar con la mitad de las chicas del instituto.

–No exageres. Solo me he liado con cinco, incluida Nati. Pero siempre han sido eso: líos. Ahora es amor.

–¡Amor verdadero! –exclamo, llevándome ambas manos al pecho–. Como en las películas de Disney.

–Puedes reírte todo lo que quieras. Lo que siento por Lera no lo había sentido nunca.

Tras esa frase, Luisfer se desmorona nuevamente. Se desmorona de tal modo que no veo otra salida que abrazarlo. Abrazarlo y dejar que gimotee largamente en mi hombro. Por dios, espero que no haya ninguna cámara oculta grabando esta escena.

27 de diciembre (Sí, de nuevo, no es un error)

Huida

Había amanecido hacía ya un buen rato, aunque todavía faltaba mucho para que el sol asomase por encima de los montes que rodean Osia.

Valeria también llevaba tiempo despierta.

Se puso en pie y abrió la ventana de su cuarto, por la que entró al instante una vaharada de frío blanco, seco, pirenaico, que le recordó a su tierra natal.

Sacando medio cuerpo fuera, examinó con detalle sus posibilidades de huida. Contempló una primera posibilidad: saltar sobre el tejado de la casa contigua resultaba factible pero peligroso, pues tenía una considerable inclinación y, desde la madrugada hasta el mediodía, permanecía helado. Podía resbalar y caer rodando hasta la calle. Otra opción consistía en trepar hasta lo alto de su propio tejado y desde allí pasar a la cochera trasera, caminar sobre ella y deslizarse luego por el canalón de desagüe, hasta el suelo.

Fácil, salvo el primer paso. Riesgo de caída. De caída, no: de batacazo fenomenal que, en el peor de los casos, podía resultar mortal. ¿Merecía la pena? Porque, una vez en la calle, ¿qué? Osia estaba en el quinto pimiento. Un pueblito perdido en mitad del Pirineo. ¿Qué hacer? ¿Cómo salir de allí? ¿A dónde ir?

–¡Valeria, a desayunar!

–¡Voy, abuelo!

Cuando iba a cerrar la ventana, vio abajo, en la plaza, mirándola, al agente Eladio, que la saludó, sonriente, agitando la mano.

–¡Mi abuelo llama a desayunar, Eladio! –le avisó Valeria, más seria que un ajo.

Se juntaron en la cocina, que era la habitación más grande de la casa y la más caliente, pues allí siempre estaba el hogar encendido, día y noche. El abuelo Matías había preparado café, leche, zumo de naranja, grandes rebanadas de pan tostado, mantequilla y mermelada, queso fresco y hasta una caja de los cereales favoritos de su nieta.

Cuando Valeria bajó de su habitación, Eladio ya estaba dándole vueltas con una cucharilla a su café con leche.

–¿Has dormido bien, Valeria?

–Vete a la porra, Eladio. ¿Cuándo nos iremos de aquí? Quiero volver a mi casa.

–Valeria, no seas desagradable con el caballero.

La chica miró a su abuelo y chasqueó la lengua, tras el reproche.

–¡Abuelo...! Sabes que me encanta venir aquí a pasar unos días contigo siempre que puedo; pero no obligada y vigilada por estos tipos vestidos de sepultureros. ¡A ver! ¿Hasta cuándo voy a tener que estar aquí?

–No lo sé –respondió Eladio.

–¿Quién lo sabe?

–Supongo que el agente Manley. Es quien coordina la operación.

–¿Y él no viene a desayunar?

–Sí, sí. Ya debería estar aquí.

En ese momento, como si hubiese estado escuchando detrás de la puerta, hizo su aparición el padre de Félix.

–Buenos días a todos. ¿Has dormido bien, Valeria?

–Como un bebé.

–Me alegro.

–Quiero decir que me despertaba una y otra vez en medio de la oscuridad y me echaba a llorar.

–¡Ja! Muy bueno...

–¿Hasta cuándo me van a tener secuestrada?

–No estás secuestrada, tan solo retenida. ¿Hasta cuándo? Hasta que finalice la Mucinsovi, el próximo domingo. Si todo sale bien, claro está.

Valeria, que no esperaba una respuesta tan rápida ni tan concreta, se quedó perpleja.

–¿Qué... qué es lo que tiene que salir bien?

–Un... asuntillo que nos llevamos entre manos tu padre y nosotros.

–¿Ustedes? ¿Y quiénes son ustedes?

Manley se había sentado frente a Valeria y untaba mantequilla generosamente en una enorme rebanada de pan tostado.

–Valeria... yo sé que eres una chica muy lista, pero no hace falta que me tomes por tonto. Sabes de sobra que tu padre no se gana la vida con los ingresos que obtiene del cine Kirov. Tú estás en la taquilla muchos días, vendiendo las entradas. ¿Crees que es un buen negocio?

La chica se sirvió un vaso de zumo de naranja.

–No –respondió, antes de llevárselo a los labios–. Pero recibimos subvenciones del Ministerio ruso de Asuntos Exteriores por programar películas rusas y ayudar así a difundir nuestra cultura en la Europa occidental.

Manley cubrió la mantequilla con una gruesa capa de mermelada de ciruela. Miró a Valeria de soslayo.

–Hay algo más que eso. Y yo creo que tú lo sabes bien.

Valeria bajó la vista. Volvió a hablar justo en el momento en que el padre de Félix mordía su tostada.

–¿Se refiere a que mi padre trabaja para el gobierno ruso?

–Me refiero a que tu padre pertenece al KGB.

–Eso es imposible. El KGB dejó de existir en 1991, debería usted saberlo.

–Claro que lo sé –dijo Manley con desagrado–. Ahora se llama CBP, pero es lo mismo: el servicio secreto ruso. A mí, personalmente, me siguen gustando más las siglas KGB. Me resultan más... más tradicionales. Me recuerdan a las novelas de John Le Carré. ¡De adolescente me encantaban! ¿Me alcanzas la cafetera, por favor?

Valeria obedeció y Felipe Manley se sirvió medio vaso palmero de café, al que añadió una generosa cantidad de leche de avena para conseguir un brebaje turbio de aspecto tan repugnante que solo un verdadero agente secreto sería capaz de ingerirlo sin sentir arcadas.

La chica habló de nuevo.

–De modo que todo esto no es más que un juego de espías.

–Ni más... ni menos –confirmó Manley.

Valeria guardó silencio mientras los dos agentes terminaban de desayunar. En el último momento, se encaró con Manley, otra vez.

–¿Podría devolverme mi móvil? Me gustaría llamar a mi novio para decirle que estoy bien, dentro de lo que cabe. No tuve ocasión de despedirme de él.

Manley negó, sin inmutarse.

–No, lo siento. En primer lugar, aquí no hay cobertura telefónica, así que de nada te iba a servir el móvil. En segundo lugar, te lo devolveré cuando termine la operación y volvamos todos a casa. En principio, el próximo domingo. Eso forma parte de las condiciones que pacté con tu padre.

Valeria contuvo las ganas de gritar y saltarle al cuello.

–O sea, que usted y mi padre pactaron condiciones sobre mí, sin contar conmigo para nada –dijo, cortante.

–Es bien sabido que los agentes secretos somos perversos por naturaleza –ironizó Manley–. Disfruta de unos días de vacaciones navideñas con tu abuelo y, antes de lo que imaginas, todo habrá vuelto a la normalidad.

Valeria ya no replicó. Terminó de desayunar y, sin despedirse de nadie, llevó sus platos y cubiertos al fregadero y subió a su cuarto.

Allí, empezó a maquinar. Lo cierto es que se sentía a gusto con su abuelo, pero no estaba dispuesta a dejarse utilizar de aquella manera, si podía evitarlo. Y, sobre todo, quería, necesitaba hablar con Luisfer, que sin duda estaría preocupado, para decirle que se encontraba bien.

Si quería escapar, precisaba dos cosas: por un lado, conocer bien su entorno, la casa del abuelo, el pueblo, sus alrededores. Por otro, que surgiese una oportunidad. Lo primero dependía de ella. Lo segundo, no.

Se vistió, pero no se abrigó en exceso para no dar la sensación de que se preparaba para huir a la menor ocasión. Salió de casa, paseó por las calles de Osia, saludó a dos vecinos, los únicos con los que se cruzó. Alargó su excursión hasta más allá de los límites del casco urbano, tomando nota mental de infinidad de detalles.

En todo momento, tuvo tras de sí al agente Eladio, que no la perdía de vista ni a sol ni a sombra.

A media mañana, hacia las once, surgió esa ocasión que quizá podría no haber surgido nunca. Inesperadamente, llegaron visitantes. Cuando el automóvil de color azul hizo su entrada en el pueblo, Valeria había vuelto a casa y, desde la ventana de su cuarto, le dedicó su curiosidad. Se trataba de un monovolumen grande, de esos que han pasado de moda y ya casi no se ven por las carreteras. Aparcó en la plaza, frente a la casa rural, y de él bajaron un matrimonio de mediana edad y dos chicas algo mayores que ella.

Para su sorpresa, las reconoció de inmediato.

–Pero si son las Padornelo... –murmuró Valeria, para sí.

Dos hermanas mellizas, estudiantes en su mismo instituto. De la clase de Luisfer, precisamente.

A la rusa se le aceleró el corazón.

¿Qué significaba aquella visita? ¿Qué hacían allí las gemelas Padornelo? De inmediato, forjó en su cabeza dos teorías contradictorias. La primera, apostaba porque se tratase de una mera casualidad. Que la familia Padornelo hubiese aparecido esa mañana en Osia por una simple chiripa. Posible, pero muy poco probable.

Su segunda opción era que las Padornelo habían llegado

a Osia de un modo deliberado. En ese caso, ¿tal vez las enviaba Luisfer, que de alguna forma había logrado dar con su paradero?

Decidió intentar averiguarlo, aunque, eso sí, esquivando la vigilancia del pesado del agente Eladio.

Trazó una estrategia de despiste sencillísima, confiando en que resultase suficiente. Salió de su habitación y se dirigió al cuarto de baño, donde abrió la ventana de par en par. Luego, se metió en la bañera y se ocultó tras la cortina de plástico. Ya solo tenía que esperar a que Eladio sospechase, cosa que ocurrió a los siete minutos y medio.

–Valeria... –la llamó el agente del CNI, golpeando la puerta del baño con los nudillos–. Llevas mucho rato ahí dentro... Valeria, contesta. Mira que, si no contestas, voy a tener que entrar... Voy a entrar, Valeria. Que entro.

Cuando el agente del CNI vio abierta la ventana, ni por un momento dudó de que la muchacha había escapado por ella. Y ni un momento tardó en salir corriendo en su busca, echando a correr por el pueblo como pollo sin cabeza, lo que permitió a la rusa abandonar tranquilamente su escondite y salir a la calle por la puerta de la casa.

Con un agente normal no habría funcionado, pero Valeria ya había calificado a Eladio como un tipo algo torpe y atolondrado. Él hizo honor a esa imagen y ella logró escabullirse de su vigilancia con toda facilidad.

Ahora, tenía que ir en busca de las mellizas, aunque, eso sí, tomando las debidas precauciones para no ser redescubierta. Durante los siguientes minutos, se deslizó como una gata persa, de portal en portal, de rincón a rincón, siempre procurando la sombra.

Los Padornelo, a propuesta de Cuca, se habían separado y recorrían el pueblo por separado. Precisamente fue Cuca la primera a quien Valeria localizó. La halló interpelando a doña Patrocinio, una de las habitantes permanentes del pueblo, asomada al balcón de su casa en bata boatiné. La sorpresa de Valeria fue grande al percatarse del contenido de la conversación entre ambas.

–Buenos días, señora –saludó Cuca–. Verá, estoy buscando a Valeria, la nieta de Matías Panadero. ¿Sabe usted quién es?

–Pues claro que sé quién es Matías –respondió la mujer–. Un sinvergüenza. Guapo, desde luego, pero no es de fiar, te lo digo yo.

–¿Y... su nieta? ¿La conoce? Es una chica rusa, de unos quince años. Alta. Rubia...

–Sí, también la conozco. El pasado verano vino unos días al pueblo.

–¿Y no sabe usted si ha venido también estas navidades? ¿Si está ahora aquí, con su abuelo?

Doña Patrocinio tardó en contestar. Recelaba.

–Podría ser, pero no lo sé con seguridad.

–Comprendo. ¿Puede indicarme, al menos, dónde vive don Matías? Iré a preguntarle a él, directamente.

La mujer, como de mala gana, le dio unas breves explicaciones. Y así, Valeria se encontró siguiendo los pasos de Cuca hasta la casa de su propio abuelo. La vio llamar a la puerta y, al poco, asomó don Matías, que, tras cruzar un par de frases con la chica, la invitó a pasar adentro.

Para entonces, Valeria estaba perpleja. Cuca Padornelo, con quien no había cruzado jamás una palabra, la andaba buscando. Apoyó la espalda contra la fachada de la casa más cercana tratando de hallar una explicación razonable para ello. La posibilidad de que la enviase Luisfer cobraba fuerza. De ser así... ¿cómo podía Luisfer saber que ella se encontraba en Osia? Sobre su cabeza, el cielo azulísimo de aquellas primeras horas de la mañana estaba comenzando a fabricar nubes no del todo blancas. Uno de estos días, volvería a nevar y Osia y sus alrededores se convertirían en una tarjeta postal invernal.

Mientras trataba de aclarar sus ideas, Valeria miró a su izquierda. Al fondo, donde la calle se ensanchaba en una placita de forma romboidal, oyó más que vio la bronca que Felipe Manley le estaba metiendo al agente Eladio a cuenta de su desaparición. Eladio agachaba la cabeza y balbuceaba torpes excusas. A Valeria le dio un poco de pena.

Y, justo en ese momento, al darse media vuelta, se topó de manos a boca con Nati Padornelo.

En otras circunstancias, quizá habrían podido cruzarse a esa distancia sin saludarse, simulando no haberse reconocido. Allí, resultaba imposible. Quedaron la una prendida en la mirada de la otra y no tuvieron más remedio que saludarse con un «hola» en si bemol. Un hola doblemente estupefacto. Porque, además, sintieron una mutua e inexplicable atracción. Como si compartiesen un vínculo difuso.

Fue Nati quien rompió el hielo.

–¡Eh, hola...! Tú eres... eres Lemonova, del instituto. ¿Verdad?

–Sí. Valeria. Y tú, Padornelo.

–Eso es. Nati –tras un titubeo, se dieron dos besos–. ¡Qué casualidad! Ir a encontrarnos en un pueblito de... ¿cuántos habitantes tiene esto?

–Veintidós. Creo.

–¡Veintidós! Me parece asombroso. ¿Vives aquí o has venido de visita?

Valeria pensaba a toda prisa. No quería parecer desconfiada, pero tampoco hablar más de la cuenta. No sabía si Nati, como su hermana, también había venido a buscarla. Ni con qué intención.

–Mi abuelo vive aquí. ¿Y tú?

–Yo, nada. Mi familia y yo estamos pasando las navidades en Jaca y hemos venido de visita turística. Cosas de mi hermana, que es más rara que un pollo a topos. Ayer se empeñó en que teníamos que venir a conocer Osia. Según ella, el pueblo más bonito del Pirineo. Pero resulta que no tiene ni iglesia. ¿Dónde se ha visto un pueblo español sin iglesia? En fin, yo creo que tenía otros motivos para traernos hasta aquí.

Valeria sonrió y tomó nota mental.

–¿Otros motivos? –preguntó.

–Oscuros y misteriosos motivos, sin duda –dijo Nati, imitando la voz de la reina de Blancanieves–. No me extrañaría que fuera cosa de su novio.

Valeria afiló la mirada.

–¿Quién es su novio? ¿Lo conozco?

–Seguro que lo has visto por el insti. Se llama Félix. Félix Manley. Un tío guapete. Su madre es detective privada, aunque solo desde hace unos meses. Antes era maestra de primaria.

Valeria disimuló un escalofrío. No recordaba a Félix, pero su apellido no le pasó desapercibido. Decidió asegurarse.

–¿Y su padre? ¿Sabes a qué se dedica su padre?

–No. Solo sé que estuvo muchos años desaparecido. De hecho, todos pensábamos que Félix no tenía padre, que se había muerto hace mucho tiempo. Y el año pasado, ¡zas!, apareció de repente.

Valeria lanzaba rápidas miradas en torno suyo, intentando percibir cualquier síntoma de peligro.

–Caray, vaya historia la de ese tal... Félix.

–Sí. Como de novela de misterio.

Nati y Valeria se miraron de hito en hito. Al parecer, ya no tenían nada más que contarse, pero ninguna de las dos parecía tener prisa por despedirse. De pronto, la rusa tuvo una idea.

–Oye, Nati... verás, quizá te parezca raro, pero... he perdido mi móvil y me preguntaba si... podrías dejarme el tuyo para hacer una llamada. Una llamada muy corta. A mi novio. Porque yo también tengo novio y el pobre no sabe dónde estoy. Solo para decirle que me encuentro bien.

Nati parpadeó lentamente. Dos veces.

–Lo haría encantada, pero... por aquí no hay cobertura. Ni media rayita.

La rusa se golpeó la frente con la palma abierta.

–¡Pues claro, qué tonta! Aunque tuviera móvil seguiría sin poder llamar. ¿Dónde estará la zona más cercana con cobertura? Porque en Jaca sí la habrá, supongo.

–Si, por supuesto. Jaca es una ciudad bastante grande y tiene una cobertura estupenda.

–Ya. En ese caso, intentaré acercarme a Jaca, de algún modo. ¿A cuánta distancia está de aquí?

–Unos... quince o veinte kilómetros.

–Uf...

Las dos chicas se miraron en silencio nuevamente durante unos segundos. Valeria ya había dicho lo que tenía que decir. Era el turno de Nati.

–Oye, mira.... nosotros volveremos a Jaca dentro de un rato. Y tenemos sitio para uno más. O sea, que... te podemos llevar, si quieres.

Valeria asintió con la cabeza.

–Eso sería estupendo, pero... tendría que hacerlo a escondidas. Si a mi abuelo le digo que me voy a Jaca, le puede dar una angina de pecho.

–Ah, ya. Pues... en fin, no sé... Tal vez... –se echó a reír– podrías esconderte en el maletero de nuestro coche, sin que nadie te vea.

Valeria simuló pensárselo.

–Lo cierto es que no me parece mala idea.

Le guiñó un ojo. Nati frunció el ceño.

–Vale. Eso sí, solo puedo ofrecerte viaje de ida. Para regresar, tendrás que buscarte la vida.

–Sí, claro. Por eso no te preocupes.

Intercambiaron una nueva mirada de complicidad y, enseguida, se dirigieron a las inmediaciones de la plaza y se situaron tras la tapia de un huerto desde donde podía verse aparcado el auto de los Padornelo.

–No está cerrado. Y no hemos traído equipaje, así que no hay razón alguna para abrir el portón trasero. Yo me encargaré de liberarte cuando lleguemos a nuestra casa de Jaca. –Valeria se mostraba dubitativa, pero Nati la animó–. Es un maletero muy grande y no está cerrado por completo, sino cubierto por una lona plegable. Irás bien. Solo debes tener paciencia. Y guardar silencio, claro.

Valeria tragó saliva. Luego, sonrió y asintió.

Media hora más tarde, tras recorrer el pueblo de punta a punta, la familia Padornelo iniciaba el regreso a Jaca. Realmente, no había mucho más que ver en Osia, que ni siquiera disponía de un bar en el que tomar unas simples anchoas con cazalla.

–Una señora muy mayor me ha regalado esta bolsa de magdalenas caseras. Voy a dejarlas en el maletero.

–¡Trae, mamá, ya lo hago yo! –saltó Nati de inmediato.

Abrió el portón trasero del coche solo lo justo para introducir las magdalenas.

–Tranquila, soy yo –le susurró a Valeria–. Prepárate, que ya nos vamos.

La rusa se había metido disimuladamente en la trasera del Chrysler apenas unos minutos antes, mientras Nati realizaba una magistral maniobra de distracción gritando a todo pulmón que había visto un lobo.

Cuando el coche arrancó por fin, la chica se preguntó si no se habría vuelto completamente loca actuando de aquel modo disparatado; pero ahora ya no había remedio. Lo mejor sería relajarse y esperar que todo saliese bien.

La Voyager abandonó Osia.

Cinco minutos más tarde, Lera ya se había percatado de que viajar en el maletero de un automóvil por las reviradas carreteras de aquella zona no era, precisamente, la más grata de las experiencias. Los baches y badenes la sacudían de arriba abajo, los frenazos y acelerones, de delante atrás, y las continuas curvas, de izquierda a derecha. Hubo momentos en que tuvo la sensación de encontrarse en el interior del tambor de una gigantesca lavadora.

Nati, por su parte, se hizo cargo enseguida de la situación de la rusa.

–¿Podrías ir algo más despacio, papá? Creo que me estoy mareando.

–¿Tú? Pero si tú no te mareas nunca.

–Pues hoy sí, mira por dónde.

Minutos más tarde, llegaron a la unión de la carreterita comarcal de Osia con la autonómica que conducía a Jaca, algo más ancha y con las rayas mejor pintadas, aunque seguía siendo una continua sucesión de curvas.

Nati suspiraba de cuando en cuando sonoramente, para recordarle a su padre que condujese con cuidado.

–¡Bien! ¡Ya hay cobertura de nuevo! –constató Cuca cuando llegaban a las cercanías de la capital jacetana, mientras empezaba a teclear frenéticamente en su teléfono móvil un mensaje lleno de emoticonos y casi carente de vocales. Un mensaje que, traducido al español, decía, aproximadamente:

«Ya volvemos de Osia. He hablado con el abuelo de la rusa. Dice que ella no está en el pueblo, pero no sé si creerle. También he visto a tu padre, aunque no he hablado con él. ¿Qué hace por aquí?».

Estoy tirado en el sofá, viendo un capítulo de *Stranger Things,* cuando recibo el mensaje de Cuca. Al leerlo, doy tal respingo que, de encontrarme al borde de un precipicio, me habría ocasionado una caída mortal.

–¡Mi padre...! –exclamo, perplejo–. ¡Mi padre está en Osia!

Intento encajar esa información entre los datos de que ya dispongo en relación con el caso Lemonova, pero no le encuentro el lugar adecuado, así que, de momento, me limito a apuntarlo en mi bloc Rhodia con letras bien grandes y un signo de interrogación rodeado por un círculo.

Por fin, después de trescientas trece curvas, el Chrysler Voyager de los Padornelo aparcó en el interior del pequeño garaje de la urbanización Prado Largo y todos sus ocupantes subieron a casa entre conversaciones que recordaban la reciente visita a Osia. Todos, menos la pasajera oculta en el maletero a modo de polizón, que permaneció allí, tumbada, intentando recuperarse del viaje más infernal de su vida.

Apenas unos minutos más tarde, oyó como alguien abría de nuevo la puerta metálica del garaje y accionaba después la manilla de apertura del portón trasero del monovolumen.

–Ya estoy aquí. ¿Cómo te encuentras? –le preguntó Nati.

Valeria rodó sobre sí misma hasta quedar sentada sobre el borde del plano del maletero. La cabeza aún le daba vueltas y tuvo que sujetársela entre las manos unos segundos antes de conseguir fijar la mirada.

–¡Buf...! Como si hubiese montado seis veces seguidas en el Dragon Khan. Déjame recuperarme unos minutos.

–Que no sean muchos. Para volver a bajar aquí, he dicho en casa que se me había olvidado el móvil en el coche. Si tardo más de la cuenta, sospecharán. Sobre todo, mi hermana, que es más larga que el transiberiano.

–Vale, vale... ya estoy mejor. Y... hablando del móvil, ¿podrías prestármelo para hacer una llamada?

–¿Esa llamada de la que me hablaste antes?

–Esa misma. Quiero hablar con mi chico. A fin de cuentas, para eso he montado todo este circo.

Nati sacó su Samsung Galaxy y se lo tendió.

–¿Te sabes su número de memoria?

–Desde luego.

–¿En serio? Me parece asombroso. Yo no me sé de memoria ni el fijo de mi casa. Como ya todo se guarda en la nube, ¿para qué gastar cerebro?

La rusa se apartó unos pasos y Nati entendió que buscaba intimidad, así que salió al exterior de la cochera.

–Pero date prisa, por favor –le pidió, en el último instante.

Valeria comenzó a componer el teléfono de Luisfer. Cuando aún faltaban las dos últimas cifras, el móvil de Nati ya propuso como posibilidad el número completo, mostrando, además, una sonriente imagen del chico.

A Valeria, el corazón le dio dos vuelcos.

El primero, al contemplar de repente el rostro risueño de Luisfer, que, tras más de dos días de separación, se le había desdibujado ligeramente en la memoria.

El segundo, al constatar que en aquella foto de la agenda telefónica de Nati aparecía un Luisfer mucho más atractivo, sonriente y encantador que en la suya propia. O sea, que sintió el pinchacito incómodo de los celos.

Por supuesto, casi de inmediato los apartó de su mente. Nati y Luisfer eran compañeros de clase, seguramente amigos desde mucho tiempo atrás, y resultaba normal que ella lo tuviese incluido entre sus contactos. Hasta se enfadó un poquitín consigo misma por haber cedido, aunque solo hubiese sido por un par de segundos, a la desconfianza.

Oprimió la tecla de llamada y aguardó, nerviosa, mientras escuchaba el tono de llamada. Por fin, tras un tiempo que se le antojó larguísimo, se estableció la comunicación.

–Hola, cariño...

–¿Luisfer? Luisfer, soy Valeria.

–¡Valeria! –exclamó, casi gritó, el chico, tras unos instantes de desconcierto–. ¡Valeria, por dios! ¿Dónde estás? ¿Te encuentras bien? ¡No sabes lo preocupadísimo que me tenías!

–¿De verdad?

–¡Pues claro que sí! No he podido dormir desde que te fuiste. ¡Incluso he contratado a un detective privado para que te busque!

–¿En serio?

–¿Qué ha pasado? ¿Dónde estás? ¿Y por qué me llamas desde ese teléfono que no es el tuyo? ¡Habla de una vez, por favor!

–Es largo de contar, mi amor. Si todo va bien, el domingo estaré de vuelta. Ahora estoy en Jaca. Y me encuentro perfectamente... salvo porque no estoy contigo.

–¿En Jaca? ¿Cómo en Jaca? Pensábamos que estabas en Osia.

–¿Pensábamos? ¿Quiénes?

–Eeeh... pues... el detective y yo. Encontramos la pista de Osia hablando con tu padre.

–Bueno, sí, lo cierto es que me llevaron a Osia, con mi abuelo, pero allí no hay cobertura y he venido hasta Jaca para... Espera, espera... ¿Dices que habéis hablado con mi padre?

–Pues sí. ¡Digo, no! Yo no. El otro, el detective. Es un amigo mío. Aquel que me acompañaba al cine y se quedaba dormido a los tres minutos de empezar la película. ¿Lo recuerdas?

–Sí, claro. Félix, se llamaba, ¿verdad?

–Sí, sí, Félix. Eso es. Félix.

–¡Qué casualidad! Este teléfono también me lo ha prestado una amiga tuya: Nati Padornelo.

Al oír el nombre de la que todavía era su novia oficial, Luisfer sintió que toda la sangre se le bajaba a los pies.

–Aaah... sí. Ah, sí, sí... ya he visto que... que era su número... de Nati, ya, ya... Estupendo. Nati. Nati Padornelo. ¡Qué sorpresa! Y ¿cómo es que...? O sea, que os conocéis de... ¿de qué os conocéis?

–Hasta hoy, de nada. Ha venido a Osia de visita, con su hermana y sus padres. Parece muy maja, ¿no?

–¿Cómo...? ¡Sí! ¡Ya lo creo! Sí, sí, majísima. ¡Buf...!

–Y... oye, creo que ella tiene que volver a casa, así que tengo que colgar. Solo quería que supieras que estoy bien.

–¿Eh? ¿Ya? Pero... ¿me volverás a llamar?

–No lo sé. No tengo teléfono y, aunque lo tuviera, en Osia no hay cobertura.

–Ya, ya me lo has dicho...

–Solo quería decirte que estoy bien. Y que te quiero mucho.

–¡Y yo a ti! Yo también te quiero mucho. Y también estoy bien.

–Pues adiós, Luisfer. Un beso muy grande.

–Sí, un beso muy grande, Lera. Mil besos muy grandes.

–Hasta el domingo, entonces.

–¡Te quiero! ¡Te quiero, te quiero, te quiero!

–Que sí, que sí. Adiós...

Valeria sonrió mientras pulsaba la tecla roja que cortaba la llamada. Con esa misma sonrisa salió del garaje para devolverle su móvil a Nati, que la miró con curiosidad.

–Vaya... por tu expresión, yo diría que la conversación ha ido la mar de bien.

Valeria se sonrojó ligeramente.

–Sí, sí, ha ido bien. Muchísimas gracias por tu ayuda.

Se miraron. Inquietas como colibríes.

–¿Y ya está? ¿Ahora te vuelves a Osia? ¿Todo esto para una llamada de dos minutos?

Valeria se encogió de hombros. Todo resultaba forzado. Difícil.

–Aún no sé qué voy a hacer.

Nati estuvo tentada de invitarla a comer en su casa, pero una vocecita interior le dijo que quizá no era una buena idea.

–Si decides volver, lo mejor es que vayas a la gasolinera. Seguro que no tardas demasiado en encontrar quien te lleve, al menos hasta el desvío.

Valeria sonrió, agradecida.

–Gracias por todo. Eres una tía estupenda.

–No es para tanto. Ten cuidado, ¿eh? Y nos vemos en el instituto, a la vuelta de las vacaciones.

–Claro. Hasta entonces.

Se despidieron con dos besos.

De regreso a casa, mientras aún estaba subiendo por las escaleras del edificio, Nati no pudo resistirse a la tentación de comprobar la llamada de la rusa. Y aunque no podía decir que fuese una absoluta sorpresa, sí que sintió un pinchazo en el alma y un desgarro en el corazón al comprobar que el número al que Valeria había llamado no era otro que el de Luisfer.

Jaca

Valeria caminó sin prisa hacia el centro de la ciudad. Pronto localizó la parte antigua, la más concurrida. Era una zona hermosa, llena de forasteros, de comercios, de bares y restaurantes, de animación. Y también de luces y adornos navideños, que en Osia brillaban por su ausencia.

A Valeria le gustó Jaca, pese a que en aquella época aparecía invadida de esquiadores ataviados con anoraks de los colores más disparatados y la piel del rostro dividida en dos zonas bien diferenciadas: la inferior, renegrida por el sol de alta montaña, y la superior, en torno a los ojos, virgen, tersa y blanca como culito de bebé, gracias a la protección de las gafas de ventisca.

La muchacha admiró de refilón la catedral, antigua de mil años, y al poco decidió entrar en un supermercado pequeño y solitario donde compró pan, jamón de York envasado, una lata de refresco y dos piezas de fruta. Luego, sentada en uno de los bancos de un parque que sin duda había de estar mucho más concurrido en verano, se preparó un enorme bocadillo que fue masticando lentamente, mientras reconstruía en su memoria su breve conversación telefónica con Luisfer.

Nada más descolgar, él había respondido llamándola «cariño». Eso estaba bien. Solo que, cuando lo hizo, aún no podía saber que se trataba de ella. Al contrario, el identificador de llamadas le estaría indicando que la llamada le llegaba desde el móvil de Nati Padornelo.

–De modo que a quien llamaste «cariño» no fue a mí –musitó, para sí misma, casi sin mover los labios–. Se lo decías a ella.

El siguiente mordisco que le propinó a su bocata le supo un poquitín amargo.

* * *

Las cosas del amor

Esa tarde, a la hora de *Saber y ganar*, justo cuando el presentador Jordi Hurtado formulaba a los concursantes una pregunta sobre la película *Ultimátum a la Tierra*, Luisfer se ha dejado caer por mi casa. A tiempo de chafarme el programa, que parece que lo haga a mala uva.

En ese momento, mi madre estaba a punto de salir a investigar.

–¿Cómo van sus pesquisas, doña Elvira?

–¡Oh! Me encanta que alguien de tu edad sea capaz de utilizar adecuadamente la palabra «pesquisas» –dice mi madre, que, en el fondo, sigue teniendo alma de maestra de escuela.

–Gracias. Yo la uso prácticamente a diario.

–Siempre has sido un encanto, Luis Fernando. Ya que lo preguntas, el caso de la bicicleta va viento en popa. Creo que muy pronto estaré en condiciones de recuperarla. Y, tal vez, incluso de atrapar al culpable.

–¡Qué bien! Me gusta que los malos muerdan el polvo de vez en cuando. Para variar.

Tras la marcha de mi madre, calentamos agua para hacer té moruno. Y una vez que tiene su taza en la mano, Luisfer se arranca a contarme el verdadero motivo de su visita.

–Hace un rato, justo cuando íbamos a sentarnos para comer, me ha llamado Valeria.

Abro los ojos de par en par.

–¿Qué? –exclamo–. ¿En serio? ¿Desde dónde?

–Como tú sospechabas, estaba en Osia, con su abuelo.

–¡En Osia! ¡Bien! Eso significa que nuestra investigación ha ido siempre por el camino correcto, aunque, por otro lado...

–¿Qué?

–Hay algo que no me termina de cuadrar. Cuca me ha enviado un mensaje. Decía que ha hablado con don Matías, el abuelo de Valeria. Y le ha dicho que ella no estaba allí. Está claro que uno de los dos miente.

Por alguna razón imprecisa, evito decirle que mi padre también está en Osia.

–Naturalmente, miente el abuelo –concluye Luisfer–. Valeria está en Osia desde el día de Navidad. Aprovechando la visita de Nati y Cuca, se ha escapado, oculta en el maletero de su coche. Me ha llamado desde Jaca. Ha dicho que está bien y que volverá el próximo domingo.

Voy en busca de mi bloc Rhodia y tomo nota de todo. Mientras lo hago, me voy sintiendo henchido de orgullo y satisfacción. Mi investigación ha sido un éxito incontestable. Me siento el inspector Wallander.

–¿Quién?

–No, nadie importante –contesto, tras darme cuenta de que hablaba solo–. Un detective de novela. Un sueco.

Aunque las noticias no podrían ser mejores y el caso Lemonova puede darse por resuelto, a Luisfer lo noto raro, desenfocado. Debería estar loco de contento por haber encontrado a su chica perdida. Y no.

–Hay algo que no me has contado, ¿verdad? –le pregunto.

Me mira, sorprendido. Sonríe una décima de segundo, como un tic.

–Resulta que Valeria... me ha llamado desde el teléfono de Nati. O sea, que ha sido Nati quien la ha ayudado a escapar de Osia.

Parpadeo varias veces, para ganar tiempo.

–O sea que... tu exnovia ha llevado a tu nueva novia hasta Jaca... y le ha prestado su teléfono para que pudiera llamarte.

–Correcto.

–¡Uf...! Parece el guion de una película de Jim Carrey. Y supongo que la cosa no ha terminado ahí.

–Claro que no. Media hora después de hablar yo con Valeria, me ha llamado Nati para decirme que lo nuestro ha terminado. ¿Qué te parece?

–¿Qué me parece? Me parece que has tenido más suerte que Gabino el de la quiniela.

–¿Yo? ¡Te estoy diciendo que Nati lo ha descubierto todo y ha roto conmigo por teléfono! Es lo peor, colega.

–No, Luisfer. Lo peor es lo tuyo. Tendrías que haberle dejado las cosas claras hace días, pero no te atrevías a hacerlo y, mira por dónde, la propia Nati te ha ahorrado el mal trago. Supongo que estaría enfadadísima.

Luisfer baja la vista.

–Eso es lo malo. No estaba enfadada. Parecía... no sé... dolida. Decepcionada.

Callo para que la palabra «decepcionada» permanezca en el aire el mayor tiempo posible.

–No es para menos –sentencio, por fin.

Me mira.

–Oye, ¿te estás poniendo de su parte?

–No me hagas elegir bando, Luisfer, por Dios. Sabes que te has portado con ella como un cerdo. Tu única excusa es que cuando uno se enamora no lo nota, pero se vuelve completamente idiota. Y te lo digo en verso para que suene un poco mejor.

Luisfer no replica. Se lleva la taza de té moruno a los labios y, al momento, se le humedecen los ojos. Seguramente, todavía está demasiado caliente.

La cabina

De postre, Valeria se comió un plátano. Cuando arrojó la piel a una papelera cercana, ya había decidido que iba a hacer otra llamada.

A la entrada del parque, había visto un par de cabinas telefónicas. Nunca había utilizado una, pero las instrucciones aún resultaban legibles y eran muy sencillas. Rebuscó en sus bolsillos hasta encontrar las monedas que le habían devuelto al hacer la compra en el supermercado, descolgó el auricular, esperó tono y las empujó a través de la ranura. Tras componer el número y esperar unos segundos, alguien descolgó al otro lado de la línea.

–Papá... papá, soy yo. Soy Lera.

El padre de Valeria tenía nervios de acero. Aun así, se alteró claramente al oír la voz de su hija.

–Lera, hija mía, ¿dónde estás? –preguntó, con la voz opaca.

–En Jaca.

–¿Dónde?

–Es una ciudad grande, cerca del pueblo del abuelo.

–¿Quién está contigo?

–Nadie. Estoy sola.

–¿Cómo sola? ¿Quieres decir que... has escapado de Osea?

–Pues... sí, eso es. Y se llama Osia, no Osea.

–¡Como sea! Oye, mi pequeña, tienes que regresar. ¡Es muy importante que vuelvas a Osea con tu abuelo Matías lo antes posible!

–¿Por qué?

–No puedo decirte más. Ya sabes: misión secreta. Inconvenientes de ser la hija de un espía.

–Lo cierto es que no pensaba volver a Osia. Estaba pensando comprar un billete de autobús para regresar contigo.

–¡No, eso no! –exclamó don Vladimir–. No vengas o lo echarás todo a perder. Vuelve con tu abuelo. ¿Acaso hay algún problema? ¿Se porta mal contigo?

–Oh, no, al contrario, el abuelo es un encanto y, por la noche, cuenta unas estupendas historias de espías a la luz de la lumbre. Casi como relatos de Chéjov.

–¿Sabe él que estás ahí?

–¿En Jaca? No, no lo sabe.

–¡Oh, Señor...! Seguro que estará muy preocupado. Yo también creo que es un buen tipo, aunque sea español.

Valeria suspiró largamente y en silencio, antes de continuar.

–Papá, me gustaría saber qué hago allí. Por qué tuve que dejarlo todo hace dos días y salir de casa en plenas vacaciones de Navidad sin despedirme de nadie. ¡Y sin móvil!

–¿De nadie? Te despediste de mí. ¿De quién más te ibas a despedir? ¡Ah, ya sé! De tu novio, ¿verdad? ¡Porque tienes novio y no me lo habías dicho!

–Que no, papá, que no tengo novio.

–¡Bah, bah, bah, no me engañas! Tu novio ha estado aquí, conmigo. Pero ya le he dejado las cosas bien claras.

Valeria sintió un pinchazo en el estómago al oír a su padre.

–¿Qué? ¿Quién dices que ha estado ahí?

–¿Crees que tu padre es tonto? Tu novio. Félix. El hijo de Manley.

La chica se echó a reír, aliviada.

–¡Pero no! ¡Félix Manley no es mi novio, papá!

Lemonov vaciló.

–¿Quién es tu novio, entonces?

–¡Nadie, papá! Na-die.

–No te creo, pero es igual. Escúchame: está en juego el éxito de un operativo secreto internacional. Necesito te quedes allí, junto abuelo Matías hasta próximo domingo. Órdenes tajantes. ¿Está claro?

–Cristalino, papá.

–¡No me gusta nada ese tono! ¡Haz lo que te digo! Tienes que volver a Osea o lo vas a echar todo a perder, hija. Siento no poder darte más explicaciones pero te aseguro que es importante. ¿Me oyes, Valeria?

Lo que Valeria oyó entonces fueron los pitidos que le anunciaban que el dinero que había introducido en el teléfono ya no daba más de sí. Y en lugar de aprovechar los últimos segundos para darle a su padre una respuesta tranquilizadora, esperó en silencio a que se cortase la comunicación.

Así tenía tiempo de pensárselo. Y, en el mejor de los casos, haría que su padre se mordiese las uñas durante un buen rato. Se lo tenía merecido, por haberle hecho semejante faena. Su padre, el espía.

En ese momento, sintió una corriente de simpatía hacia Félix Manley, el amigo de Luisfer. No lo conocía de nada, pero tenían algo importante en común.

–No es fácil ser el hijo de un agente secreto –murmuró entre dientes.

Tras colgar el auricular, giró sobre sí misma, mirando a lo lejos. Por encima de las copas de unos árboles, en dirección sur, sobresalía el habitual anuncio luminoso que permite distinguir fácilmente las gasolineras en la distancia.

Se encaminó hacia allí.

Hacia Moscú

Dos horas más tarde, a punto de anochecer, con Osia invadido por agentes del CNI, militares y Guardia Civil, Felipe Manley abría la puerta trasera del Prius de los Pons y le tendía la mano a Valeria, invitándola, sin muchos miramientos, a salir del auto en plena plaza Mayor.

–Vamos –le ordenó, seco.

La chica permaneció inmóvil y Elena se encaró con el agente.

–¡Eh, eh...! ¿Qué pretende? Esta chica viaja con nosotros y vamos a llevarla a casa de su abuelo.

–No se preocupe, señora –dijo Manley, muy serio–. Yo la voy a acompañar a casa de don Matías.

–¿Y quién es usted, si puede saberse?

El agente, tras chasquear la lengua, echó mano al bolsillo superior de su chaqueta y sacó una credencial que le plantó a la mujer a un palmo de la nariz.

–Ah, ya veo –dijo ella–. Policía, ¿eh?

–Como si lo fuera, señora. Todos estos hombres que ve correteando de aquí para allá están bajo mi mando. Y todos ellos andaban buscando a esta irresponsable desde hace horas. Gracias por haberla traído hasta aquí.

Elena tragó saliva.

–No... no hay de qué, agente. Inspector. Comisario.

–Adiós.

Valeria ya no se resistió. Salió del coche y acompañó a Manley camino de la casa de su abuelo.

Los Pons cruzaron una mirada de perplejidad y, tras unos instantes, reemprendieron la marcha hasta aparcar el vehículo frente a la puerta de su vivienda, conocida en el pueblo como Casa Cirjuano. Descargaron varios bultos y dos maletas pequeñas y, apenas cerraron tras de sí la puerta de la vivienda, entraron en una frenética actividad.

–¡Casi no puedo creerlo! –exclamó Josemari, llevándose las manos a la cabeza–. ¿Has visto qué despliegue? ¡Hay que avisar a los jefes de inmediato! ¿Dónde has dejado el teléfono por satélite? Porque lo hemos cogido, ¿verdad?

–Sí, sí, te he visto meterlo en el bolso de piel.

El marido rebuscó entre sus pertenencias hasta dar con el Telefunken-US 4000 capaz de conectarse a la red Iridium.

–¡Maldición! Está sin batería –constató, desolado–. ¡El cargador, Elena, rápido! ¿Dónde está el cargador?

–Ah, eso ya...

–¡Pero, mujer! Yo ya me he encargado del teléfono. Tú tenías que ocuparte del cargador.

–¿Y eso dónde lo pone, marido mío? Si traes el teléfono, se supone que lo traes completo, cargador incluido. Vamos, digo yo.

–¡Pues no está el cargador, maldita sea mil veces!

–¿Y ahora qué hacemos?

Un par de resoplidos más tarde, el hombre de la coleta alzó un índice hacia el techo.

–A ver... los del CNI seguro que han traído teléfonos satelitales porque saben que aquí no tenemos cobertura.

–¿Y qué propones? ¿Que vayamos a pedirle un cargador de móvil al enemigo?

–¿Por qué no? Es cuestión de idear una excusa creíble.

–Como, por ejemplo, que me he puesto de parto. ¡Anda, calla! Calla y piensa un poquico, que no te vendrá mal.

Pasearon los esposos como fieras enjauladas durante un largo minuto. Por fin, Elena se llevó una mano a la frente.

–¡Espera! Ahora recuerdo que aún conservamos el equipo de onda larga que usábamos antes de que nos dieran los teléfonos por satélite.

–¿Aquella antigualla? Creía que la habíamos llevado al punto limpio.

–No, qué va. Tengo el equipo completo guardado en el cuarto de Eduardo. ¡Vamos!

Subieron al segundo piso de la casa, donde se encontraba el cuarto de su hijo, notable saxofonista, pero que solo en rarísimas ocasiones se dejaba caer por allí.

Encima del armario, dentro de una gran caja de madera que lo resguardaba del polvo, estaba el equipo de radioaficionado de onda larga con el que, tiempo atrás, contactaban con el Alto Mando: emisora, receptor, fuente de alimentación, amplificador, altavoces, micrófono...

–¡Por Dios, cómo pesa esto!

–Cuida, no te vayas a abrir la hernia y tengamos un disgusto.

Conseguido el descenso del aparato sin incidencias musculares, fueron extendiendo los diversos componentes por el suelo de la habitación y, a continuación, realizaron las conexiones correspondientes.

–Esto es más difícil que montar un sofá de Ikea –se quejó Pons–. Apenas hace seis años que dejamos de usarlo y ya no me acuerdo de nada.

Tras un buen número de intentos fallidos, finalmente se dieron por satisfechos. Solo faltaba conectarlo a la corriente eléctrica. Cuando introdujeron la clavija en el enchufe, un zumbido sordo, grave, y la tenue luz de las válvulas de vacío escapando de las entrañas del amplificador principal acompañaron la puesta en marcha del vetusto equipo de radio.

Elena se acercó a la boca el pesado micrófono Uzzoi, negro y plateado como el traje de un torero. Habló en ruso.

–Atención, atención, Matrioska Acogedora, aquí camarada fidedigna trasmitiendo por canal de emergencia desde ubicación dacha de escarcha. ¿Me reciben? ¡Cambio!

Solo el clásico sonido de la fritura estática siguió a las palabras de la mujer. Elena repitió pacientemente el mensaje inicial otras tres veces, en medio de largas pausas, antes de darse por vencida.

–No hay manera. No tenemos suficiente alcance. No queda otro remedio que sacar la antena exterior.

–¿Antena? No recordaba que este equipo necesitase antena.

La mujer señaló un artilugio metálico, largo como la lanza de don Quijote, apoyado en un rincón del cuarto.

–Ahí la tienes. Si no te acuerdas de ella es porque estaba instalada en el tejado hasta que empezamos a operar con Iridium. Entonces la desmontamos para no levantar más sospechas entre los vecinos.

–¡Ahora me acuerdo! Nos inventamos la historia de que pertenecíamos a una ONG que buscaba entablar contacto con extraterrestres. Aunque me parece que nadie nos creía.

–Fuera como fuera, ya sabes lo que toca, Josemari: tendrás que salir por el tragaluz al tejado, trepar hasta lo más alto y orientar la antena escrupulosamente en dirección norte-nordeste. ¡Hacia Moscú!

Pons miró a su mujer y tragó saliva.

–No hablarás en serio.

–Será solo un rato: hasta que informe a Matrioska Acogedora y reciba instrucciones. Si no te atreves solo, pídele ayuda a Dionisio.

José María agitó los brazos con la contundencia de un actor italiano de cine mudo.

–¡Ni hablar! ¡No, no y no! ¡No pienso subirme al tejado, Elena! Ni solo, ni acompañado. ¡Y menos cargando con ese chisme horrible! ¿Es que quieres que me rompa la crisma? ¡Ni hablar! ¡No! ¡Repito: no! ¡Y es mi última palabra!

Noche de confidencias

El abuelo Matías hizo para cenar una sopa de verduras con tiburones de pasta, espesa, sabrosa, contundente. Esa sopa que piden a gritos las crudas noches de invierno en el Pirineo. Quedaba también buena parte del conejo del mediodía, porque la desaparición de Valeria había trastocado la comida y casi todo el asado seguía en la bandeja del horno.

Los dos agentes secretos, Valeria y su abuelo, habían empezado a cenar. Manley se sentía contento y aliviado, una vez resuelta la crisis de la desaparición de la chica, pero, a los pocos minutos, la llamada del general Cascorro, su inmediato superior en el CNI, lo dejó sin apetito. Tras mantener con él una conversación en el baño, regresó a la cocina con el color cambiado. Rojo de ira.

–Dice el general que todo ha sido culpa mía y que me va a descontar del sueldo los gastos del operativo de esta tarde –comentó, mientras se dejaba caer en su silla con cara de víctima del tocomocho–. ¡Incluido el helicóptero! ¡Esto va a ser mi ruina!

–No sabe cómo lo siento –dijo Valeria, de inmediato, en un tono que indicaba todo lo contrario–. Y pensar que todo esto se podía haber evitado simplemente con que me hubiese dejado llamar por teléfono a mi novio... ¡ay, qué lástima!

Felipe Manley se volvió hacia la chica y la señaló acusadoramente con el dedo.

–¡Cállate la boquita, guapa! Tú, lo que tenías que haber hecho, era comportarte como una buena rehén, quedarte en tu cuarto y dedicar estos días a leer novelas de Fernando Lalana.

–No sé quién es.

–Es un autor de libros juveniles –intervino el agente Eladio–. A mí me gusta mucho; tiene algunas historias que son la monda.

–¡Calla tú también, Eladio, por Dios! –ordenó Manley, trasladando la bronca a su subordinado–. La mitad de la culpa es tuya. ¡Eras el encargado de vigilar a esta sinvergüenza!

–¡Eh! No puede insultarme –protestó la chica–. Soy una menor de edad.

–¡Pues claro que puedo! ¡Una sinvergüenza y una niña consentida! ¡Y no digo todo lo que pienso de ti porque está delante tu abuelo!

–Tranquilícese, Manley –intervino don Matías–. Al final, no ha pasado nada grave y la misión ya está de nuevo bajo control. Eso es lo importante, ¿no?

El espía suspiró, apretó los dientes y dejó que le bajase la irritación.

–Tal vez tenga razón –admitió–. No ganamos nada dando gritos. Y, desde luego, la sopa está riquísima, don Matías.

–Gracias, hombre. ¿Quiere repetir?

–Vale. Un cacito más.

Al terminar la cena, Felipe Manley se dirigió al cuarto que ocupaba en el piso inferior de la vivienda de don Matías Panadero, tomó su teléfono satelital, se conectó con él a la red Iridium y marcó el número del móvil de su mujer.

Normalmente, era el mejor momento del día.

Unos segundos después, se establecía la comunicación.

–Hooola, cielo... ¿Cómo está mi pantera del Cáucaso? Je, je...

–Bien, estoy bien –respondió Elvira en un tono mucho más seco de lo que el agente secreto esperaba–. ¿Qué tal el día?

–¡Ejem...! ¿El día? ¡Buoh...! Digamos que entre horrible y espantoso. ¿Y el tuyo?

–Pues aquí me tienes. Bien. Entre normal y corriente.

–¡Ja, ja! ¡Qué bueno! Entre normal y corriente, ¿eh?

Se produjo entonces un silencio que a Manley le dio muy mala espina. La sombra de un temor indefinible le recorrió el intestino delgado.

–¿Ocurre algo, Elvira, cariño? –preguntó, al fin, con cierta prevención.

–Pues... depende –le respondió su mujer, fría como un témpano–. ¿No tienes nada que contarme?

En ese momento, Manley ya tuvo la certeza de que algo andaba mal. Algo más de lo mucho que ya andaba mal hasta entonces.

–Pues... no... no sé a qué te refieres.

–¿Por qué tenías en el cajón de tu mesilla el móvil de la novia de Luisfer?

El agente parpadeó, confuso.

–¿Cómo? ¿La novia de Luisfer? ¿Te... refieres a Luisfer Castillejos, el amigo de Félix?

–¡Pues claro que me refiero a él!

–Pero... vamos a ver... ¿ese chico no estaba saliendo con la hermana de nuestra... o sea, con la otra melliza Padornelo? La que no es novia de nuestro hijo. Nati, creo que se llama.

–¡Venga, hombre! ¡Eso es más viejo que Noé! ¡Menudo agente secreto estás hecho! Luisfer está saliendo ahora con una rusa. La hija del dueño del antiguo cine Roxy.

Manley abrió los ojos como platos y se golpeó la frente con la palma de la mano libre.

–¡Qué me dices! ¿Con esa rusa, precisamente? No me... ¡no me fastidies! ¡Con la de rusas que hay en el mundo y ha ido a enamorarse precisamente de ella!

–¡Y ahora me gustaría saber qué tienes tú que ver con esa chica!

Felipe respiró muy hondo.

–¿Eso te preocupa? ¡Je! Verás... ocurre que esa chica forma parte de la misión que tengo encomendada. La tenemos oculta en... en cierto lugar secreto que no te puedo desvelar porque pondría en peligro la seguridad nacional. Es como ... como si se tratase de una testigo protegida, para que me entiendas. Decidimos quitarle el móvil hasta que todo terminase, para evitar que los malos pudiesen localizarlo y... bueno, lo cierto es que lo olvidé allí, en mi mesilla, sin darme cuenta, antes de marcharme. Por cierto, ¿cómo lo has encontrado? ¿Es que registras mis cajones?

–¡Claro que no! ¿Acaso me tomas por una mujer celosa? Luisfer la llamó y el teléfono empezó a sonar, eso es todo.

–¡Ayvé...! No me digas que se me olvidó apagarlo.

–Eso parece. Últimamente te noto bastante torpón y olvidadizo, agente Manley.

–En eso, llevas toda la razón, cariño –admitió Felipe, apesadumbrado–. Será cosa de la edad, pero lo cierto es que tengo la impresión de que ya no soy el infalible Manley de antaño.

Con aquella sencilla aceptación por parte de su marido, el enfado de Elvira se desinfló como un globo de feria.

–Vaya... lo siento. A lo mejor me he pasado de desconfiada.

–No te disculpes, porque todo es culpa mía. La vida secreta, llena de secretos, de los agentes secretos. Una gaita.

–¿Y ni siquiera puedes darme una pista de dónde te encuentras?

–No, lo siento, cariño.

–¿Ni siquiera si estás en Europa o en otro continente?

–Sería peligroso revelarte incluso esa información.

Justo en ese momento, Félix abrió con cuidado la puerta del cuarto de sus padres y asomó la cabeza.

–¿Estás hablando con papá? Pues pregúntale qué tal tiempo hace en Osia.

* * *

Los seis mandamientos

En Telecinco están echando una versión mexicana de *Los diez mandamientos,* que es tan mala que debería titularse *Los seis mandamientos.* Y eso, siendo generoso. El actor que interpreta a Jesucristo mide metro sesenta y habla como Cantinflas, aunque tiene muchísima menos gracia.

Hace unos minutos, ha sonado el móvil de mi madre, y ella, como de costumbre, se ha encerrado en su dormitorio para hablar con mi padre. Lo ha hecho con mucho menos entusiasmo que en otras ocasiones, esa es la verdad.

Al poco, bajo el volumen del televisor y me acerco hasta apoyar la oreja en la puerta de la habitación. Sigo la conversación de mis padres durante unos instantes. Por fin, me decido a abrir con cuidado y asomo la cabeza por el hueco.

–¿Estás hablando con papá? Pues pregúntale qué tal tiempo hace en Osia.

Mi padre me ha debido de oír directamente y parece a punto de sufrir un sofoco.

–¿Cómo? –lo oigo gritar–. ¡Pero...! ¿Qué dice ese chico? ¡Si yo no estoy en Osia! ¡Estoy en otro sitio! Un sitio que no es Osia y que está muy lejos de Osia. ¡Lejísimos! ¿Está claro? ¡Así que pásame con él, que me va a oír!

–Que te pongas –me dice mi madre, en voz baja, tendiéndome el teléfono–. Y cuidado con lo que le dices. Creo que tu padre está al borde del ataque de nervios.

Carraspeo y me llevo el aparato a la oreja.

–¡Papá! ¡Hey! ¿Qué pasa? ¿Por dónde andas?

–¡Ya sabes tú por dónde ando, maldito entrometido! ¿Me puedes explicar cómo demonios sabes que estoy en Osia?

–¡Ah, eso! Eeeh... Lo sé porque Cuca ha pasado esta mañana por allí con su familia... ¡y te ha visto!

–¿Que me ha visto? ¡Me ha visto! ¡Esto es el colmo! De modo... que esos turistas que han aparecido hoy por aquí... ¿eran la familia de tu novia?

–Exacto.

–¡No puedo creerlo! ¡También es maldita casualidad!

–Estooo... no, papá, no ha sido casualidad.

–¿Ah, no?

–Yo le pedí anoche a Cuca que convenciese a su padre para ir a Osia. Y que, una vez allí, preguntase por Valeria Lemonova.

Mi padre parpadea, incrédulo, aunque yo no puedo verlo.

–¿Que tú...? Madre mía... ¡Explícame eso ahora mismo!

–Es muy sencillo: Luisfer me contrató ayer como detective para buscar a su novia desaparecida. Empecé a investigar y la pista más fiable me condujo hasta Osia. Nos la proporcionó el padre de Valeria.

Casi puedo oír el sonido de la mandíbula inferior de mi padre cayendo por su propio peso.

–¿Has hablado con Lemonov? –pregunta, incrédulo.

–Sí. Ayer por la tarde.

–¿Y él te dijo que Valeria estaba en Osia?

–No exactamente. Le apreté las tuercas hasta que confesó que estaba en el pueblo de su abuelo. Añadió un par de indicaciones y entre Luisfer y yo dedujimos que se trataba de Osia. Por eso le pedí a Cuca que buscase allí a Valeria. A la hora de comer me ha llamado para decirme que no había dado con ella... pero sí te había visto a ti.

Con el final de mi última frase da comienzo un silencio ominoso. Sea lo que sea que signifique ominoso. Y, además, largo. Por fin, vuelvo a oír a mi padre. Ahora su voz suena como la de un verdadero agente secreto.

–Dime una cosa: Lemonov sabía que tú eras mi hijo cuando habló contigo –me pregunta, evitando los signos de interrogación.

–Sí, desde luego que lo sabía. De hecho, solo accedió a hablar conmigo cuando supo que me apellidaba Manley. Y, por cierto, al despedirnos me dijo que te diera recuerdos de su parte.

–¡Encima, recochineo! Maldito rufián soviético... Bueno, gracias por la información, hijo. Pásame otra vez con tu madre, anda.

–Enseguida. Pero, oye... ¿Valeria está ahora allí, contigo y con su abuelo? ¿Ha vuelto de Jaca?

–¿Que si ha vuelto...?

–Sé que se ha escapado esta mañana, pero espero que haya regresado a Osia sin problemas.

–¿Y tú como sabes que ha estado en Jaca?

–Porque desde allí ha llamado a Luisfer y él me lo ha contado después.

Oigo resoplar a mi padre.

–Pero ¿qué está pasando? –grita, después, empezando a perder los papeles–. ¡Se supone que todo esto es secreto! ¡Soy un agente secreto! ¡Trabajo para los servicios secretos! ¿Por qué no puedo mantener nada en secreto?

–Oye, que no se lo he contado a nadie, ni siquiera a mamá. Por eso no te preocupes, que soy una tumba.

–¡No, si aún tendré que darte las gracias, hijo mío!

–No hace falta, de verdad, papá. Pero ¿Valeria está ahí, sí o no?

Mi padre suspira una vez más.

–Que sí, que sí, aquí está, de momento. En el piso de arriba, terminando de cenar. Dile a tu amigo Luisfer que puede estar tranquilo.

–¡Bien! –exclamo, feliz–. ¿Has visto? He resuelto brillantemente el caso de la novia rusa desaparecida.

Mi padre suspira largamente. Cambia de tono.

–Lo cual tiene mucho mérito, desde luego. ¿Sabes, hijo? Creo que tienes madera de detective. Y eso me preocupa porque todos los detectives privados son unos muertos de hambre y me gustaría que encontrases un trabajo con el que te puedas ganar bien la vida.

–Mamá es detective.

–¡Tu madre no cuenta! Además, ella realmente es maestra, no detective. En cuanto salgamos de la crisis, volverá a las clases, ya lo verás.

Matrioska acogedora

Cuando Felipe Manley regresó a la cocina de la casa, tras hablar por teléfono con su mujer y su hijo, Valeria y Eladio ya se habían marchado a dormir y solo don Matías permanecía junto a la chimenea, en la que ardía un fuego moderado, de fin de jornada. Leía un libro de Lorenzo Silva. Al percatarse de la presencia del agente secreto, el anciano alzó la vista por encima de sus gafitas de présbite y frunció el ceño de inmediato.

–¿Ocurre algo aciago, Manley? Lo noto contrariado.

El padre de Félix abrió los brazos como un Cristo románico.

–Todo se complica, Matías. ¿Recuerda a la familia que ha visitado el pueblo esta mañana?

–Desde luego. Y ya sé lo que va a decirme: que no eran meros excursionistas que han aparecido aquí por casualidad.

–En efecto, no lo eran. ¿Cómo lo sabe?

–Porque una de las hijas ha indagado entre los vecinos hasta dar conmigo. Y me ha preguntado si andaba por aquí mi nieta. He mentido como un bellaco y le he respondido que no, por supuesto. Es lo que usted y yo acordamos y me gusta cumplir mis compromisos. Pero está claro que no podía tratarse de una mera coincidencia. Esa chica sabía dónde buscar a Valeria.

Manley se sentó también frente al fuego.

–Le agradezco su discreción, Matías. Aunque mucho me temo que a estas horas nuestro acuerdo carece ya de importancia. Como usted sospecha, no hay casualidad que valga: esa chica era la novia de mi hijo. Él la enviaba para confirmar el paradero de Valeria.

–¡Vaya! ¿Y cómo sabía su hijo que mi nieta estaba aquí? ¿No era un secreto?

–Lo sabía porque ayer estuvo hablando con su yerno.

–¿Su hijo tiene un yerno? ¡Qué precoz!

–¡No, hombre! Me refiero a su yerno de usted, Matías. A Lemonov. Y eso sí que no me lo esperaba. Creía que él estaba de nuestro lado. Ahora empiezo a dudarlo. Quizás, finalmente, ha decidido traicionarnos.

Matías alzó las cejas.

–Tranquilo, tranquilo... Si Vladimir quisiera traicionarlo, lo habría hecho sin que usted se enterase y de modo irremediable. Yo creo que lo único que ha pretendido es fastidiarle.

–¿Fastidiarme?

–Debe de estar molesto con usted y sus jefes. Él les ofreció una colaboración y ustedes la aceptaron, pero decidieron tomar a su hija como rehén. La traen hasta aquí, conmigo, para tenerla vigilada y la usan como garantía de que él cumplirá con su parte del trato. Una cosa muy fea por su parte, perdone que se lo diga.

–No, si tiene usted razón, Matías. Pero el general Cascorro es quien manda.

–Los espías son gente vengativa. Vladimir vio el modo de buscarle a usted problemas chivándole a su hijo el paradero de Valeria; pero yo creo que está dispuesto a seguir con el plan acordado.

Manley suspiró, mientras movía la cabeza para recolocarse las cervicales.

–Parece hablar usted con mucho conocimiento de estos temas. Dígame, Matías: ¿a qué se dedicaba antes de la jubilación?

–¿Yo? Bueno... era agente secreto, como usted.

Manley alzó las cejas.

–¿En serio? No sabía que...

–Trabajaba para la NATO. Era divertido y, en ocasiones, emocionante. Por eso mi hija conoció a Vladimir Lemonov, que también es del oficio, y acabó casándose con él. Y tengo la impresión de que Valeria va por el mismo camino. ¿Su hijo también dice que quiere ser espía?

–¿Félix? A veces. Otras veces dice que quiere ser detective privado o entrenador de balonmano.

–Bueno, los chicos, ya se sabe, siempre tan indecisos. Las chicas, por lo general, lo suelen tener más claro.

–También yo lo tuve claro –dijo Manley, con aire evocador–. Desde muy niño, siempre quise ser agente secreto, como mi padre y mi abuelo.

–Así que lo de ser un espía le viene de familia, ¿eh?

–Exacto. Pero no estoy seguro de querer que mi hijo continúe esa tradición. Yo he pasado quince años en una cárcel sudamericana por culpa del fracaso de una misión. No querría que él tuviese que pasar por algo parecido.

–Desde luego. ¿Le apetece una infusión relajante, Manley? –preguntó don Matías poniéndose en pie.

–Si va a hacer para usted, acepto.

El abuelo de Valeria fue a la cocina y comenzó a trajinar entre los cacharros.

–Si le parece, voy a hacer una tisana con tila, tomillo y valeriana.

–Mejor sin valeriana, que me recuerda a su nieta y en estos momentos no me cae nada bien. Y, hablando de su nieta, usted cree que podremos contener los daños colaterales de su huida, ¿no? A fin de cuentas, la operación principal no se ha visto comprometida.

–Eso parece.

–En realidad, solo se han enterado mi hijo, su novia y un par de amigos suyos. No creo que supongan un peligro. Ah, bueno, y el matrimonio que ha recogido a Valeria en la carretera. Parecen buena gente.

Segundos más tarde, don Matías se asomaba desde la cocina, con una tetera en las manos y el ceño fruncido.

–¿De qué matrimonio me habla?

Manley echó mano de una libretita que sacó del bolsillo interior de la chaqueta y en la que consultó sus notas.

–Según me dijeron, se llaman Pons y Martínez. Él es canoso y lleva el pelo largo y recogido en una coleta. Me dieron la sensación de ser completamente inofensivos. ¿Usted los conoce?

Don Matías se mordió el labio inferior antes de responder.

–Desde luego que los conozco: Elena Martínez y José María Pons. No sabía que estaban en el pueblo y que ellos habían recogido a Valeria.

–La encontraron caminando por la carretera, a unos dos kilómetros, cuando ya oscurecía y empezaba a hacer frío de verdad.

Don Matías torció la boca en un gesto que, de nuevo, parecía una seña del juego del mus.

–Lamento darle malas noticias, Felipe, pero... quizá esto sí va a ser un problema.

–¿Por qué?

–Los Pons trabajan para los rusos.

Manley palideció.

–¿Qué? –exclamó, poniéndose en pie de un brinco–. ¿Los rusos? ¿Los rusos de Rusia?

–Los rusos de Rusia, sí. El CBP. Aunque no creo que sean agentes a tiempo completo. Más bien, como una segunda ocupación. Un pluriempleo, vaya. Aquí, todo el mundo lo sabe.

–¡Maldita sea! Pero... ¿Pero es que en este condenado pueblo todo el mundo es agente secreto?

–Casi todo el mundo, sí. Algunos siguen en activo y otros estamos ya jubilados. Doña Patrocinio, por ejemplo, trabajó en sus años mozos para los franceses del Deuxième Bureau. Y Dionisio Robinet, que vive al final de esta misma calle, creo que sigue cobrando una pensioncita del MI5 británico.

Manley oía sin escuchar a don Matías. Parecía anonadado.

–Pero... ¡eso cambia completamente las cosas! Significa que los rusos ya sabrán que tenemos retenida aquí a Valeria.

Don Matías asintió.

–Eso me temo. Al ver el despliegue de medios que usted solicitó para buscar a mi nieta, estoy seguro de que los Pons habrán sacado la conclusión de que ella está aquí por un asunto importante. A estas horas, ya lo habrán comunicado a los jefes de su Matrioska.

–¿Matrioska?

–Los agentes rusos en el extranjero se organizan en equipos que se incluyen unos dentro de otros, como las muñecas de una matrioska. Por eso los llaman así.

Manley se golpeó el muslo con el puño cerrado y masculló dos o tres palabras muy feas. Luego, consultó su reloj y comprobó que ya era mañana. Pese a lo intempestivo de la hora, tomó el Telefunken y marcó nerviosamente el número personal del general Cascorro.

Reglas de casa

El general de División Benigno Cascorro era el jefe del SEROPES, el Servicio de Operaciones Especiales del CNI y, por tanto, superior inmediato de agentes como Felipe Manley.

Acababa de ponerse el pijama y estaba lavándose los dientes cuando sonó su teléfono gris. Extrañado, comprobó el origen de la llamada y lanzó una maldición que incluyó a treinta y tres personajes bíblicos, incluidos los doce hijos de Jacob.

–¿Es que no ha visto la hora que es? ¡Espero que sea importante, Manley! –bramó, tras descolgar–. ¡Por su bien, lo espero!

–Mi general, creo que los rusos están al tanto de la Operación Pera Limonera –dijo Manley, sin preámbulo alguno.

El general sintió algo parecido a un puñetazo en el estómago.

–¡No me... fastidie! –masculló–. ¿Cómo es eso?

–Hemos tenido una mala pata increíble, mi general. Resulta que los dos vecinos del pueblo que recogieron en la carretera a la hija de Lemonov han resultado ser agentes a sueldo de Moscú. A estas horas, lo más probable es que la noticia haya llegado ya a Yásenevo.

–¿Dónde?

–¡Ejem! La ciudad donde radica la sede del CBP.

–¿El qué?

–El servicio secreto ruso, mi general.

–¿Pero el servicio secreto ruso no es el KGB?

–Le cambiaron el nombre hace veintisiete años.

–¡Vaya por Dios! Ahora que me lo había aprendido. Los rusos, ya se sabe: siempre fastidiando.

–Creo, mi general, que dadas las circunstancias, lo mejor sería cancelar el operativo y suspender la operación.

Cascorro suspiró, disgustadísimo.

–Esto ha sido un desastre desde el principio, Manley. Una cagada detrás de otra. Una pésima idea desde sus orígenes. ¿Cómo se le pudo ocurrir tomar como rehén a la hija de Lemonov? ¿Eh? ¿En qué cabeza cabe? ¡Inútil!

–Perdone, mi general, pero le recuerdo que la idea fue suya. De hecho, me opuse a ella porque me parecía un disparate.

Al otro lado de la línea, Manley escuchó los carraspeos de su superior, que, luego, habló con voz serena.

–Mire, Manley, le voy a recordar algo muy importante que quizá haya olvidado durante sus años de cautiverio en Bolivia. Hay unas reglas básicas de funcionamiento de los servicios secretos, y son las siguientes: regla número uno: cuando los planes salen bien, la idea fue de los generales; regla número dos: cuando los planes salen mal, la idea fue de los subordinados; y regla número tres: cuando los planes salen rematadamente mal, la idea fue del ministro de Defensa. ¿Está claro?

–Pues... perdone que se lo diga, pero yo diría que en esta ocasión los planes han salido rematadamente mal.

–Cierto. Pero, para su desgracia, en este país no tenemos ministro de Defensa, sino ministra. Ministra de Defensa. Y yo no voy a ser tan poco caballeroso como para cargarle este fiasco a una señora. ¿Me comprende, Manley? Así que ya sabe: vaya asumiendo sus responsabilidades. Suspendemos la Operación Pera Limonera y los quiero aquí de vuelta a todos ustedes mañana antes de la hora de comer. Ya está bien de hacer turismo navideño a costa de los fondos reservados. ¿Me he expresado con claridad?

–Sí, mi general. A la orden, mi general.

Del rosa al amarillo

Pese a lo tardío de la hora, Manley renunció a acostarse. Estaba demasiado frustrado como para intentar dormir, así que fue a la cocina a prepararse otra infusión –un menta poleo, en esta ocasión– y se sentó luego, con la taza entre las manos, ante el fuego de la chimenea. Un fuego ya marchito, apenas sonrosado.

Al poco, apareció el abuelo Matías, en pijama y bata de felpa, avivó los rescoldos, añadió un par de trozos de leña de olivo, llevó su mecedora también frente al fuego, al lado del agente del CNI, y se sentó en ella.

–Tranquilo, Felipe. Un mal día lo tiene cualquiera –dijo, tras unos segundos de balanceo–. Por si te sirve de consuelo, vendrán días mucho peores, ya lo verás.

–¡Je! Es usted un hacha dando ánimos, Matías.

Tras un silencio largo como una película hindú, Felipe Manley se volvió hacia Matías Panadero.

–De modo que trabajó usted para el departamento del servicio secreto de la OTAN.

–Así es. Durante dieciséis años, nada menos. Aunque entonces todo el mundo la llamaba por las siglas inglesas: NATO. España aún no pertenecía a la organización y nuestro idioma no se utilizaba en absoluto.

–Por lo tanto, vivió usted la Guerra Fría en primera persona.

–Una parte de ella, desde luego. La década de los setenta, al completo.

–Y conocerá bien a los rusos, entonces.

–Bueno, sí. Eran el enemigo. Había que intentar comprenderlos para enfrentarse a ellos con alguna probabilidad de éxito.

Manley se acarició la barbilla.

–En ese caso, quizá podría usted aconsejarme bien. Esto está llenito de rusos.

–Si me cuenta de qué va exactamente la cosa, trataré de hacerlo. Aunque yo ya esté jubilado, parece claro que trabajamos en el mismo bando.

–Eso está hecho, don Matías. ¿Por dónde empiezo?

–¿Por dónde va a ser, calamidad? ¡Por el principio!

–Vale. ¡Ejem...! Todo comenzó hace menos de un mes, la primera semana de diciembre, cuando el general Cascorro me llamó a su despacho.

Mucinsovi

–Manley, tengo una misión para usted.

–A sus órdenes, mi general. ¿De qué se trata?

–Tenemos a un ruso dispuesto a traicionar a su país y pasarse a nuestro bando.

–¡Oh, qué bien! Es una gran noticia, mi general. ¿De quién se trata?

–Vladimir Lemonov.

–Lemonov... Lemonov... Ah, sí, sí... está el número sesenta y dos en la lista de los cien espías rusos más importantes en la península Ibérica, según la revista *Cuore*. No es un agente de primera, pero aquí todos los traidores son bienvenidos.

–El problema, Manley, es que no me fío de ese tipo. Si es un traidor, también podría intentar traicionarnos a nosotros cuando nos dice que quiere traicionar a su país, ¿no cree?

–Hombre, visto así...

–Y si no es un traidor, significaría que sigue siendo leal a su país y, por tanto, estaría intentando engañarnos al decir que quiere pasarse a nuestro bando.

–Eeeh... Cierto, cierto... En ese caso, lo mejor será decirle que no. ¡España no paga traidores!

–Pero, por otro lado, la información que dice poseer sería importantísima para nosotros. Si realmente Lemonov estuviese dispuesto a traicionar a Rusia, estaríamos ante una gran oportunidad que no podemos dejar escapar de ningún modo.

Carraspeé, algo nervioso. Debo reconocer que las conversaciones con el general Cascorro casi siempre me sacan de mis casillas.

–Entiendo, mi general. Entonces... ¿Qué sugiere que hagamos con Lemonov? ¿Creerle o no creerle?

–¡No lo sé, demonios! Si por mí fuera, lo mandaría fusilar y así se acabaría el problema, pero la ministra de Defensa se niega en redondo. Por eso lo he llamado, Manley. Necesito que hable con Lemonov. Quiero que lo mire fijamente a los ojos y averigüe sus intenciones verdaderas sin el menor atisbo de duda.

–Eso será difícil, mi general...

–¿Y a mí qué me cuenta? ¡Apáñeselas como pueda y haga lo que le digo! Cuando sea general, como yo, podrá dar órdenes. De momento, le toca obedecerlas. Tenga, en este papel tiene escrita la dirección de Lemonov. Vaya a su casa y entrevístelo en profundidad. Quiero un informe sobre mi mesa mañana por la tarde.

–Lo que usted ordene, mi general.

Entrevista con el traidor

Esa misma tarde, acudí al domicilio de Lemonov, situado en el edificio del antiguo cine Roxy, ahora rebautizado como Cinema

Kirov. Para no levantar sospechas en caso de que los rusos lo tuviesen vigilado, me disfracé de repartidor del butano y, con una bombona auténtica al hombro, llamé al portero automático.

–Diga.

–Buenas. El repartidor del butano.

–Lo siento, se ha confundido. No he pedido butano.

–¿No es el señor Lemonov? ¿Don Vladimir Lemonov?

–Sí, sí, soy yo. *Perrro* no utilizo butano, tengo gas ciudad.

–Igual no me ha entendido bien. No reparto butano sino... bunato.

–¿Bunato? ¿Y eso qué es?

–La propia palabra lo dice, amigo: Bu-nato.

–¿Bunato...? –Lemonov tardó unos segundos en descifrar la clave, pero lo logró, finalmente–. ¡Ah, ya! ¡Bu-NATO! Ya entiendo, ya. Entonces, sí. Suba, suba.

La maldita bombona pesaba lo suyo, pero todo espía sabe que su trabajo requiere de grandes esfuerzos. Va con el sueldo. De modo que subí con ella al hombro por una escalera estrechísima, al final de la cual se abría una puerta azul, sencilla y fea ante la que me esperaba Lemonov. Lemonov, el traidor. Traidor o no traidor, ahí estaba el dilema.

–Pase, pase. ¿*Quierrre* dejar bombona en suelo?

–¡Uf...! Sí, gracias. No vea lo que pesa.

–¿Le apetece algo? Vaso de agua, cuscurro de pan, chupito vodka o dos *cucharrradas* de tónico reconstituyente de Doctor Zhivago. Me lo envían *dirrrectamente* desde fábrica *afuerrras* de San Petersburgo.

–Agua. Con un poco de agua bastará, gracias.

Dos minutos más tarde, tras mi segundo vaso de agua, me senté en la silla que me indicó el ruso y, con un parpadeo, puse en marcha una grabadora pequeñísima que llevaba disimulada en las gafas de pasta gorda que me había puesto para completar el disfraz de intelectual repartidor de bunato.

–Usted dirá, señor Lemonov.

–*Quierrro* llegar a un acuerdo con ustedes –anunció el ruso.

–Perdone: hábleme despacio, para que yo le entienda bien, que tengo el ruso un poco oxidado.

–*Perrro* si estamos hablando español.

–¡Ah, sí, cierto...! Bueno, es igual. Usted vocalice, por si acaso.

–*Verrrá*, Manley: estoy dispuesto a traicionar a mi país y pasarme a su bando, a condición de que nos concedan nacionalidad española a mí y a mi hija.

–A mi hija y a mí.

–Ah. ¿Su hija y usted también son extranjeros?

–No, no. Que se dice «a mi hija y a mí» y no «a mí y a mi hija». Queda más elegante. Es lo que ordena la Real Academia.

Lemonov me miró con perplejidad.

–Oiga, ¿de *verrras* es usted agente del CNI?

–De verrras, de verrras. ¿Por qué?

–Es usted un tipo muy *rarrro*.

–Los espías somos gente rara. También usted lo es. Un espía traidor. ¿Por qué está dispuesto a traicionar a Rusia?

–Por mi hija. Hace un año vinimos a España. Hemos vivido en otros países, *perrro* ninguno le gusta tanto como este. Desde que *murrrió* su madre, mi hija siempre triste. Sin embargo, *ahorrra* contenta. *Quierrre* quedarse aquí. *Quierrre* ser española. Dice que aquí es donde piensa que *serrrá* feliz y yo *adorrro* a mi hija más que a nada en el mundo.

–¿Y para eso necesita traicionar a su país? ¿No puede pedir a sus jefes que los destinen definitivamente a España?

Lemonov bajó la vista.

–Lo intenté, *perrro* les *parrreció* sospechoso. Ya tengo respuesta a mi solicitud de nuevo destino: a partir de próximo *verrrano*, Finlandia.

–Gran país. Tiene buena fama.

–No diga bobadas, Manley. Gente fría como nieve, aliados de Hitler durante Gran Guerra Patriótica, enemigos de Rusia. Nos odian. Mi hija *serrrá* muy infeliz en Hellsinki.

–Helsinki, con una sola ele.

–Yo sé lo que me digo.

Me acaricié la barbilla mientras trataba de captar detalles e inflexiones en la voz con los que poder decidir si el ruso estaba siendo sincero.

–Muy bien. De modo que usted y su hija desean ser españoles. ¿Qué nos puede ofrecer a cambio?

–Mucinsovi.

–¿Eh?

–Muestra de Cine Soviético. Este año, segunda edición.

–¿Un festival de cine ruso? ¡Vaya regalazo! ¡Jua!

–No sea memo, Manley. Mucinsovi no es solo festival de cine. Es modo en que servicio secreto ruso distribuye misiones *parrra* año siguiente entre sus agentes en España, Portugal y Andorra.

Afilé la mirada todo lo misteriosamente que pude.

–¡Qué me dice! A ver, a ver... Eso ya me parece más interesante.

–A sesiones de Mucinsovi acuden muchos rusos de toda España y también de otros países. Ciudadanos normales, personal diplomático de embajada y de consulados... y también acuden todos agentes secretos de zona *Iberrria*, que así pasan desapercibidos. *Durrrante* pase de películas, agentes se colocan sobre ojos gafas especiales que les permiten recibir instrucciones a través de imágenes que se proyectan en pantalla cine.

–¡Ostrás! ¿Y cómo lo hacen?

–Todas copias de películas para proyectar en Mucinsovi son enviadas *dirrrectamente* desde Octavo Alto *Dirrrectorio* de CBP. En algunas escenas, llevan intercalados fotogramas con instrucciones, que solo agentes secretos pueden ver, utilizando gafas especiales.

Al oír aquello, seguramente me brilló la mirada.

–Dios mío... sabiendo eso, podríamos conocer de antemano todas las misiones de todos los agentes rusos en nuestro país previstas para el año que viene –dije–. ¡Eso sería el sueño de cualquier servicio de contraespionaje!

–No solo eso. *Serrría* muy fácil cambiar películas oficiales por nuevas copias que contengan instrucciones *diferrrentes*.

–¿Para qué?

–¿Usted tonto, Manley? CNI podría *alterrrar* misiones de espías rusos en España sin que ellos se *dierrran* cuenta. *Creerrrían* seguir órdenes de Moscú, pero *seguirrrían*, sin saberlo, órdenes de Madrid.

Me puse en pie de un salto, mientras me llevaba las manos a la cabeza.

–¡Es verdad! ¡Madre mía...! Podríamos encomendarles las misiones que nos diese la gana. Sería casi como si los agentes rusos trabajasen para nosotros.

–¡Exactamente!

–¡Esto es la caña, señor Lemonov! ¿Me deja que le dé dos besos?

–En mi país son tres besos. *Perrro* no, no le dejo.

–Usted se lo pierde. Esta misma tarde hablaré con mis superiores. Si ellos dan su aprobación, pondremos en marcha la operación... ¡Falmucinsovi!

–¿Y eso qué es?

–Falsa Muestra de Cine Soviético. Por supuesto, si esto sale bien, usted y su hija serán nacionalizados españoles de inmediato. ¡Más aún! Los haremos españoles de origen. ¡De rancio abolengo! ¿Quiere que uno de sus antepasados acompañase a Colon a descubrir América? ¡Pues le daremos un certificado que lo acredite!

–A mí, lo que de verdad me *harrría* ilusión *serrría emparrrentar* con don Santiago Ramón y Cajal.

–¡No se hable más! Eso está hecho. Ramón y Cajal pasará a llamarse Lemonov y Cajal. Lo editaremos así en la Wikipedia y todo el mundo lo dará por bueno, ya lo verá.

–¡Estupendo! Es que yo creo que Cajal ha sido el sabio más grande que ha dado España.

–Estoy de acuerdo con usted. Pero, ya sabe: lo de la Falmucinsovi tiene que salir bien; si no, no hay trato.

Operación Pera Limonera

Sentado en su gran sillón reclinable, el general Cascorro fumaba uno de sus odiosos puros electrónicos mientras escuchaba mi conversación con Lemonov. Para ello, se había colocado sobre las suyas propias las gafas grabadoras que yo había utilizado para registrar mi entrevista con el ruso.

–¿Por qué se oye tan bajito? –preguntó.

–Si quiere subir el volumen, tiene que levantar la ceja derecha, mi general. Solo la derecha.

–Es que no me sale. Se me levantan las dos.

–Espere, que se la muevo yo con el dedo.

Le alcé manualmente la ceja al general durante unos segundos.

–¿Está bien así?

–Mucho mejor, sí. ¡Vaya invento! ¿Tecnología española?

–Fabricadas en España, con patente alemana.

–Malditos alemanes... no les basta con fabricar coches caros y venderlos por todo el mundo. Son insaciables.

Tras escuchar la grabación completa lanzando volutas de humo hacia el techo, mi jefe se quitó los dos pares de gafas y sentenció:

–Esto parece un auténtico chollo, Manley.

–Eso pienso yo. Una oportunidad colosal.

–Pero no me fío del ruso.

–¿No? A mí me pareció sincero. Creo que su hija Valeria es la persona más importante del mundo para Lemonov. Haría cualquier cosa por ella, incluso traicionar a su país.

Cascorro chasqueó la lengua repetidas veces.

–En ese caso, utilizaremos a la hija para garantizar el cumplimiento del plan por parte del padre.

Me costó reaccionar.

–Perdone, general... ¿está hablando de tomar a la chica como rehén? Le recuerdo que es una menor de edad.

–La guerra es la guerra, Manley. Ocúpese del tema. Y, por

supuesto, es importante que los rusos no lleguen ni a sospecharlo.

–Entonces fue cuando ideé el plan de traer aquí a Valeria y lo llamé Operación Pera Limonera –concluyó Manley, cerrando su historia ante don Matías–. En el fondo, seguía siendo un secuestro, pero se podía disfrazar de visita navideña al pueblo de su abuelo. Vamos, que nuestra maldad quedaba un tanto disimulada.

–Con lo que usted no contaba es con que Valeria se negaría a aceptar su papel de rehén y trataría de escapar.

Manley suspiró.

–Con eso sí contaba. Con lo que no contaba es con que lo conseguiría.

–Lleva los genes de sus padres –murmuró, emocionado, don Matías–. Valeria ha querido ser agente secreto desde que tiene uso de razón.

–Pues lleva buen camino. No mucha gente puede presumir de haber puesto en jaque al CNI antes de cumplir los dieciséis.

–A usted le ha creado un problema, Felipe, pero yo estoy orgulloso de ella, no lo puedo negar.

Manley suspiró profundo.

–El caso es que nos ha salido el tiro por la culata. Los rusos estarán con la mosca tras la oreja y la Operación Pera Limonera se ha convertido en una apuesta de alto riesgo. ¿Qué hago, don Matías?

Don Matías se rascó la coronilla durante unos segundos, dio varios sorbitos a su infusión y, finalmente, chasqueó la lengua.

–No voy a engañarle, Manley: la cosa pinta mal. Si los Pons han hecho llegar la información a sus superiores, y no tengo duda sobre ello, los rusos ya se habrán puesto manos a la obra para desbaratar el plan del general Cascorro. La duda es si ellos sabrán que nosotros sabemos que ellos nos han descubierto.

–A ver, a ver, repítame eso...

–Si los rusos creen que nosotros no sabemos que ellos nos han descubierto, su contraplán será diferente que si piensan que hemos descubierto que ellos nos han descubierto.

–Vaya lío que me lías, Matías.

–Es el eterno dilema en las tareas de contraespionaje: averiguar qué sabe el enemigo y hacer siempre lo contrario de lo que ellos esperan. El engaño, Manley. A eso se reduce todo, desde los tiempos del caballo de Troya: el engaño. Conseguir que el enemigo se trague el anzuelo.

Felipe Manley cerró los ojos. Le dolía la cabeza y, pese a ello, no podía dejar de pensar furiosamente. Estuvo callado casi cinco minutos, al término de los cuales volvió a dirigirse al viejo agente de la NATO.

–¿Usted qué haría en mi lugar, don Matías?

–¡Huy...! Acertar con la mejor solución es difícil; pero dar un buen consejo es fácil: lo mejor es disimular.

–Disimular.

–Hemos metido la pata y los malos nos han pillado, pero... hay que hacer como si no pasase nada.

–Como si no supiésemos que ellos lo saben.

–Exacto. De momento, nada de regresar todos mañana a la ciudad con el rabo entre las piernas. Deje aquí a mi nieta y al agente Eladio hasta el domingo, tal como estaba previsto.

–¡Uf...! Lo malo es que el general Cascorro ha ordenado que volvamos.

–El general Cascorro es un memo –cortó don Matías–. Si le hace caso, los rusos se llevarán el gato al agua y, encima, el general le echará a usted la culpa. Pero, en fin, haga lo que mejor le parezca. A mí, plin.

Manley terminó parsimoniosamente de beber su infusión.

–Me ha convencido, don Matías –dijo, después–. Seguiré su consejo.

–Estupendo. Pero si, al final, todo sale mal, a mí no me chille.

28 de diciembre

Regreso

El regreso de mi padre desde Osia resulta de lo más discreto. Aparece por casa a media mañana del Día de los Inocentes, pero no hay más que verle la cara para saber que no está para bromas.

–Hola, hijo. ¿Dónde está tu madre?

–Investigando lo de la bici de Pilonguito, ya sabes.

–Ah, sí, claro. ¿Tú tienes algo que hacer?

–Nada importante. Aquí estaba, esperando a los Reyes Magos. Pero me acabo de enterar de que no llegan hasta principios del año que viene.

–Entonces... ¿quieres venir conmigo? Así vas aprendiendo algo de cómo trabajan los agentes secretos.

–Vale.

Acudimos a la delegación provincial del CNI y allí nos disfrazamos de repartidores de SEUR. Al hacerlo, compruebo con satisfacción que ya uso la misma talla que mi padre.

Luego, tomamos un ascensor especial, que nos deja en el segundo sótano del edificio, donde nos espera una furgoneta con rotulación de la misma empresa de reparto. Mi padre se pone al volante y nos dirigimos al cine Kirov; una vez allí, le hacemos entrega al señor Lemonov de varias sacas de lona gris con bobinas de película de cine.

Tras la descarga del material, pasamos al interior de su oficina, como si tuviese que firmarnos el recibo de entrega. Solo entonces, cuando ya nadie puede verlos, mi padre y el ruso se estrechan las manos.

–Lamento problemas ocasionados por mi hija –se excusa Lemonov–. Aunque creo recordar que ya se lo advertí. No *parrrecía* buena idea llevarla con su abuelo y quitarle móvil sin su consentimiento.

–Lo sé, señor Lemonov. En el fondo, fue culpa mía, no se preocupe. El problema ahora es que sus compatriotas sin duda sospechan que usted y yo nos llevamos algo entre manos.

–*Perrro* quizá no sean capaces de adivinar exactamente qué es. Espías, a veces muy listos, a veces muy tontos. Bueno, usted ya sabe.

–De momento, creo que lo mejor es seguir con nuestro plan y esperar a ver qué pasa.

–Estoy de acuerdo. Seguir adelante como si no ocurriese nada.

–Por eso, le hemos traído las películas de la Mucinsovi.

–Querrá decir de Falmucinsovi.

–Eso es. Las falsas películas que usted deberá proyectar en los dos días de la muestra. Nos ha costado una barbaridad encontrar copias sobre las que insertar los falsos mensajes –mi padre saca del bolsillo una libreta y lee sus anotaciones–. Ese primer saco contiene los rollos de *Cuando pasan las cigüeñas*, de Mijail Kalazotov.

–Kalatozov –corrige don Vladimir.

–Ah. Kalatozov. Bien. En esas dos sacas tenemos *Andrei Rubliov*, de Tarkovski, que es larguísima, casi tres horas y media. Y la última saca contiene los rollos de *El color de la granada*.

–De Sergei Parajanov –completa el padre de Valeria–. Perfecto. Son las tres películas que componen el programa del festival.

–Tal como quedamos, en varias de las escenas hemos intercalado instrucciones falsas para los agentes rusos.

–¿En uno de cada veinticuatro fotogramas?

–Justamente. Los del laboratorio dicen que ha sido un trabajo de egipcios. Y para leer los mensajes insertados hay que utilizar unas gafas especiales estroboscópicas.

–Exacto –confirma Lemonov–. Unas como estas.

Saca unas gafas grandes, de pasta, de cristales ahumados, muy soviéticas, y se las coloca.

–Si vistiese traje y corbata, parecería con ellas un miembro del politburó –comenta mi padre, jocosamente. Aunque solo él se ríe.

–Junto a patilla *derrrecha* llevan esta ruedecita –dice el ruso–. *Girrrándola* adelante y atrás, se cambia la frecuencia, hasta que pueden leerse nítidamente mensajes en pantalla. Mientras tanto, quienes no llevan gafas solo ven imágenes normales de película.

–Hay que reconocer que es muy ingenioso. ¿Ya le han enviado las gafas desde Moscú?

–*Niet* –niega Lemonov–. Todavía nada. Solo tengo estas, que guardé del año pasado. Ni gafas ni películas ni carteles publicidad... De consulado ruso dicen que todo *llegarrrá* mañana. Justo a tiempo. En último momento. Esto *parrrece* sospechoso. Estoy preocupado.

Mi padre tuerce la boca.

–Huy... todo a última hora. Qué mala sensación. En fin... sobre eso, nada podemos hacer, salvo esperar. Hala, hijo: nos vamos.

–¿Ya? ¿Esto es todo? Pues no he aprendido nada.

–Has aprendido a ayudar a un agente de rango superior.

–Ayudarle a cargar bultos. ¡Vaya cosa!

–No seas impertinente –me reprende Lemonov–. Tu padre es un agente secreto de *primerrra*. Es privilegio estar a su lado. Y en todos oficios, se empieza por abajo. Todos grandes espías de *historrria empezarrron* cargando sacas de películas de cine.

–¿En serio? ¿Incluso James Bond?

–Ese, el que más.

Camino Osia

Justo antes de la hora de comer, me doy cuenta de que tengo en el móvil un mensaje de Luisfer. No lo había oído llegar. Dice que se va a Jaca, en autobús. Que desde allí intentará llegar a Osia. Que ama a Valeria y no puede estar sin ella. Lo llamo de inmediato para tratar de hacerle entrar en razón y que no haga más tonterías, pero no consigo comunicar con él.

Quizá ya está fuera de cobertura.

Talleres Carvajal

Hora de comer. Nos estamos zampando las lentejas en medio de un silencio escandaloso. Mi padre se lleva la cuchara a la boca con la mirada perdida en la ensaladera y murmura entre dientes frases ininteligibles de cuando en cuando; mi madre muestra signos de agotamiento absoluto; y yo odio las lentejas: así que el ambiente de nuestro primer plato viene a ser como el de un funeral de estado.

Sin embargo, un rato después, en el tiempo del escalope, mi madre rompe el silencio con una petición inesperada.

–¿Alguien podría echarme una mano esta tarde?

Un par de vistazos rápidos me bastan para convencerme de que me como el marrón.

–Supongo que me toca a mí. Papá está de los nervios con su misión secreta y, en cambio, yo me he quedado aquí más solo que el café solo. Hasta Luisfer se ha marchado. ¿Qué hay que hacer?

–Poca cosa. Un pequeño allanamiento de morada.

–¡Bien! Mi especialidad.

Y mi madre sonríe, pensando que es una broma.

Así, a última hora de esa tarde, mi madre y yo tomamos un autobús de la línea 39 y nos dirigimos al barrio de Las Delicias. Nos apeamos en una de las paradas de la avenida principal y echamos a andar, callejeando durante ocho minutos y treinta segundos por zonas tan mal iluminadas como mal pavimentadas, mientras mi madre me pone al corriente del plan que ha trazado y de cuál es mi intervención en el mismo.

Justo con sus últimas instrucciones, llegamos a las inmediaciones de un taller mecánico para bicicletas sobre cuya fachada luce el rótulo

CICLOS Y BICICLOS CARVAJAL

Y digo luce porque es precisamente así. De neón.

–Aquí tienes el recibo del arreglo de tu bicicleta. Me aseguraron que ya estaría reparada hoy. Y, toma, dinero para pagarla. ¿Te ha quedado claro lo que necesito?

–Que sí, mamá. Así que cogiste mi bicicleta sin pedirme permiso, ¿eh?

–Necesidades del servicio, hijo mío. De todos modos, ¿cuántos años hacía que no la utilizabas?

–Sí, varios. Pero el código civil dice que el derecho de propiedad no desaparece por la falta de uso.

–No seas pedante. Atiende: hay tres empleados en el taller: encargado y dos operarios. Procura llamar la atención de todos ellos. ¿Estás listo?

–Listo.

–Adelante.

Entro y, enseguida, sale a atenderme un tipo con mostacho. No sé si será por eso, por el bigotazo estilo Stalin, pero me parece detectar en su modo de hablar un ligerísimo acento eslavo. Le alargo el resguardo.

–Hola. Vengo a recoger esta bicicleta. ¿Está ya reparada?

El hombre asiente con la cabeza y me indica que espere con un gesto.

Mientras va a buscar mi bici, lanzo un vistazo general. El local es muy grande, tanto que podría servir para reparar automóviles. Hay una zona de exposición de bicis nuevas, otra de segunda mano y, tras una doble puerta de vaivén, se adivina el taller de reparaciones.

Transcurrido un minuto, aparece de nuevo el sosia de Stalin llevando de la mano mi querida Orbea de color granate.

–Una buena bici clásica –me comenta–. Algo pesada, pero sólida y fiable. ¿Cómo hiciste para romperle los frenos de esa manera?

–Cosas que pasan –respondo, evasivamente–. ¿Le importa que la pruebe? Por aquí mismo, sin salir del taller.

–Adelante –acepta el bigotudo.

Salto a lomos de mi Orbea y pedaleo hacia el fondo del local. El suelo es de terrazo pulido y resbala como un cristal. Ideal para mis planes. Doy media vuelta con cuidado y acelero fuerte hacia la salida, pero, de pronto, titubeo, derrapo de atrás, pierdo el control y acabo estrellándome contra una fila de bicicletas dispuestas para la venta. Vuelo sobre ellas mientras se derriban unas a otras como fichas de dominó, con enorme estrépito; grito, caigo al suelo. En definitiva, organizo un estropicio monumental. El hombre del mostacho acude en mi ayuda y, alertados por el escándalo, también los otros dos mecánicos salen del taller para socorrerme.

–¿Estás bien, chico? –pregunta uno de ellos–. ¿Te has hecho daño?

–¡*Extraordinarrrio* batacazo! –exclama el otro, asombrado.

Mientras retiran las bicicletas derribadas para llegar hasta mí, veo cómo, a sus espaldas, mi madre entra en la tienda y se dirige sigilosamente al interior del taller.

Primer objetivo, conseguido.

–Creo que me he hecho algo, ¿eh? –digo, poniendo cara de muchísimo dolor–. Creo que es algo serio. ¡Ay...!

–¿Te puedes levantar? –pregunta el del bigote Stalin.

–Me parece que no. ¡Ay! ¡Ayayayayay...!

–A ver si va a ser una luxación –aventura uno de los operarios.

–O una *fracturrra* de calcáneo –tercia el otro, un tipo pelirrojo.

–¿Qué hacemos, chaval? ¿Voy llamando ya al ciento doce? –propone el encargado.

–Espere un poco, a ver si se me pasa, no vayamos a avisar a la ambulancia por nada.

–Si te has *fracturrrado* el calcáneo –insiste el pelirrojo– cuenta con dos meses de escayola.

Los tres hombres me rodean solícitos, pendientes de mis lamentos. Poco a poco, se van añadiendo también algunos transeúntes que pasan frente al taller.

–¿Qué ha ocurrido?

–¿Quieren que avisemos al ciento doce?

–¿Llamamos a tus padres, chaval?

–¿Llamamos a los bomberos?

–Eso tiene toda la pinta de ser una fractura de calcáneo.

–Pues vas bueno, chico. Mi cuñado se lo rompió y son dos meses de escayola. ¡Como mínimo!

–Es lo que yo le digo –corrobora el dueño, Pascual Carvajal.

–La culpa es del ayuntamiento.

–¡La culpa es del Gobierno!

–¡Seguro que iba mirando el móvil!

–Si es que habría que prohibir los móviles.

–¡Y las bicicletas!

–¡Hombre, gracias! Y nosotros, al paro, ¿no?

Tras unos minutos de lío, y cuando ya los espontáneos llegados de fuera alcanzan la docena y media, veo a mi madre que sale a hurtadillas del taller y gana la calle.

Plan finalizado a plena satisfacción.

–Perdonen. Voy a probar a ponerme de pie –digo–. A ver... ¡Anda! Si ya no me duele.

–¿Estás seguro, chaval?

–Sí, sí.

–Entonces, no es *fracturrra* de calcáneo.

–Ya decía yo que no podía ser –afirma Pascual.

Cuando llego a casa a lomos de mi Orbea, mi madre está pasando a su ordenador las fotos que ha sacado con el móvil en el interior de los talleres Carvajal.

–Gracias, hijo. Una magnífica interpretación. Te debo una.

–No me debes nada, mamá. Lo que tienes que hacer es resolver el caso de una vez y demostrar que sigues siendo la mejor detective del barrio.

Ella sonríe con satisfacción.

–La fruta ya está madura. Solo hay que ponerse debajo del árbol y esperar a que caiga.

29 de diciembre

Ceremonia de apertura

—Señoras y señores, queda solemnemente inaugurada la segunda edición de la Multisopi. La Mundisofi. La Murmurovi... Eeeh... Bueno, ya saben ustedes de lo que hablo. ¡Queda inaugurada!

Una salva de aplausos remata el breve discurso del alcalde Paco, quien, a continuación, se lía a dar la mano a todo bicho viviente a su alcance, empezando por el embajador Berberoff y terminando por mi propio padre. Sí, mi padre está aquí, al pie del cañón. Y yo también. Él sigue tan impresionado porque yo descubriese en apenas unas horas el paradero de Valeria que me ha pedido que lo acompañe a la ceremonia de apertura de la Muestra de Cine Soviético con la condición de que mantenga los ojos muy abiertos y le informe de cualquier cosa que me parezca sospechosa.

Y aquí estoy, rodeado por unos doscientos desconocidos, de los cuales calculo que ciento cincuenta son rusos. Por descontado, soy el único menor de edad presente en la ceremonia y algunos me miran con soviética extrañeza. Creo que esta mañana me va a costar hacer amigos.

De pronto, reconozco al señor Lemonov, el padre de Valeria. Lo reconozco con dificultad porque va vestido con traje y corbata. Se me acerca nervioso y con cara de lunes negro, pese a que estamos a sábado.

–¡Vaya quién tenemos aquí! ¡Joven Manley! ¿Qué? ¿Ya trabajando *parrra* servicios secretos españoles?

–Hola, don Vladimir. Solo he venido a acompañar a mi padre. Me aburría en casa, pero creo que esto es todavía peor. Cincuenta minutos de discursos, llevamos. ¡Vaya rollo!

–Estoy buscando a tu padre. ¿Sabes dónde está?

–Ahora mismo, no. Hace un rato que no lo veo. ¿Ocurre algo, señor Lemonov?

–Hazme favor. Búscalo y dile que lo *esperrro* en cabina de proyección. Emergencia absoluta. *Perrro* ni una palabra a *generrral* Cascorro. Ya sabes: el de medallas en pecho. Date prisa. Yo tengo que subir a *preparrrar* proyección. No me falles.

–Descuide.

Lemonov me deja preocupado. Para ganar perspectiva, subo los primeros peldaños de la escalera que conduce al anfiteatro. Así, tengo una visión elevada del vestíbulo y localizo fácilmente a mi padre, cerca de la entrada a los lavabos, charlando con el alcalde Paco. Me acerco rápida pero sigilosamente, como debe hacerlo un espía, y le hablo de perfil, muy bajito, moviendo poco los labios. Le transmito el mensaje de Lemonov y veo que se pone muy nervioso.

–¿Lemonov ha dicho «emergencia absoluta»?

–Con esas palabras exactas.

–Ay, madre... ¿Por dónde se va a la cabina de proyección?

–Por allí –digo, señalando a su espalda–. Pasas la puerta que pone privado y verás unas escaleras.

Sale pitando, dejando al alcalde con la palabra en la boca. Así que tengo que ser yo quien retome la conversación.

–Bueno... ¿y qué...? ¿Qué tal, señor alcalde?

–¿Qué tal qué?

–¿Qué tal... la ciudad?

El alcalde me mira con perplejidad, levantando mucho las cejas.

–La ciudad está estupenda, gracias. Tenemos todas las calles en su sitio, las fuentes con agua y las farolas con luz.

–Ah... qué bien.

Para ser un político, lo encuentro la mar de antipático.

Por suerte, acierta a pasar muy cerca de nosotros el general Cascorro y consigo dejar al señor alcalde en sus manos. Una vez libre, sigo de inmediato los pasos de mi padre.

Catástrofe

Cuando abro la puerta de la cabina de proyección, tanto mi padre como el de Valeria tienen el gesto crispado de quien acaba de recibir una pésima noticia. O de quien acaba de darse un susto de muerte.

–¿Qué pasa? –pregunto–. ¿Qué emergencia es esa?

Tardan en responderme. Lo hace don Vladimir, al tiempo que señala varios sacos de tela muy gruesa, similares, aunque de distinto color, a los que le trajimos nosotros ayer disfrazados de repartidores de SEUR. Están abiertos, dejando ver varias latas de película con las etiquetas en ruso.

–Acaban de llegar desde Moscú las películas que hemos de proyectar *durrrante* la muestra. ¡Y no son las que estaban previstas! Las han cambiado en el último momento. También han enviado nuevos carteles y programas de mano.

–¡Atiza!

–Nos la han jugado –aclara mi padre, entre rabioso y derrotado–. Ya no podemos proyectar las películas que habíamos preparado con falsas instrucciones para los espías rusos. ¡Nuestro estupendo plan se ha ido al garete! Esto es una catástrofe. El general Cascorro me va a degradar a agente de los recados.

–¿No se puede seguir adelante con el plan utilizando las nuevas películas?

–No hay tiempo para sabotearlas –me responde–. El primer pase comienza en diez minutos; la segunda película se proyecta esta misma tarde y la última, mañana por la mañana. Es imposible.

Y lanza un suspiro, que parece el último de su vida, mientras se deja caer en una silla desvencijada, que cruje bajo su peso.

–Esta vez, ganan ellos –murmura–. Nos han pillado a contrapié.

En ese momento, alguien llama con los nudillos a la puerta. Nos miramos, inquietos. Abre Lemonov y descubrimos que se trata del general Cascorro.

–Mi general...

El jefe de mi padre entra en la pequeña habitación y cierra la puerta tras de sí. La cabina de proyección ya parece el camarote de los hermanos Marx.

–¿Ocurre algo que yo deba saber, agente Manley?

–Claro que no, mi general –dice mi padre, después de tragar saliva y con una cara que parece un poema de Leopoldo Panero–. Todo va como la seda de Yokohama.

El militar nos mira a los tres, sucesivamente.

–¿En serio? Seguramente ustedes piensan que soy tonto porque fumo puros electrónicos y propongo fusilar a la gente con frecuencia. Pero aún puedo detectar cuándo surge un problema grave solo con mirarlos a la cara. Así que vayan desembuchando, señores.

Mi padre se rinde. Vacía y llena sus pulmones completamente antes de empezar a hablar. Cuando lo hace, le cuenta a Cascorro las últimas malas novedades sobre el caso, hasta terminar con una frase lapidaria.

–Creo que la Operación Falmucinsovi ha fracasado por completo.

El general chupetea su puro electrónico apagado.

–Lamentarse sirve de poco. ¿Alguna idea?

Mi padre baja la vista y calla. Lemonov se cruza de brazos y calla.

Yo levanto la mano.

–¿Y si lo intentamos con solo una de las películas? –propongo–. Con la que se proyecta mañana, claro está. Disponemos de casi un día de margen.

Mi padre chasquea la lengua.

–Modificar las tres películas que teníamos preparadas ha llevado una semana. Modificar una en menos de veinticuatro horas es imposible.

–Eso es lo que pensarán los rusos –digo.

–¡Sí, señor! –exclama Cascorro, haciendo que Lemonov y mi padre lo miren sorprendidos–. ¡El chico tiene toda la razón! Seguro que esos comunistas nos dan por derrotados, muertos y enterrados. ¡Es el momento de conseguir lo imposible y darles en las narices!

–Pero, mi general...

Sin encomendarse a nadie, como hacen los auténticos jefes, Cascorro marca un número en su móvil.

–Garbanzal, soy Benigno Cascorro. Avisa a todos tus técnicos de laboratorio –ordena–. Que se presenten de inmediato. Suspendidos pases y permisos hasta mañana a mediodía. ... ¡Me importa un pimiento el fin de año! ¡Esto son los servicios secretos, demonios! ¡Siempre listos!

Y cuelga con tanta fuerza que agrieta la pantalla de su móvil.

–La nueva película que cierra mañana el festival es *Solaris,* de Andrei Tarkovski –explica Lemonov–. Una de las joyas del cine soviético y la mejor película rusa de ciencia ficción de la historia. Encontrar una copia sobre la que trabajar va a ser difícil, con tan poco tiempo.

–Olvídese de buscar otra copia –dice el general–. Modificaremos directamente la que han enviado los rusos.

–*Perrro* tenemos que devolverla al terminar el festival. ¡Se *darrrán* cuenta!

–Ya solucionaremos eso en su momento. ¿Dónde está la película?

Lemonov señala dos sacas con seis grandes latas circulares cada una.

–¿Todo eso?

–Doce bobinas. Es que *durrra* casi tres *horrras.*

–Hay que llevarla a Madrid, al laboratorio del CNI. ¡De inmediato! Manley, encárguese usted del traslado.

–Necesitaré ayuda para...

–Llévese a su hijo, que parece espabilado. ¡Marchando! ¡Ar!

Y así es como, apenas una hora más tarde, mi padre y yo subimos a un tren AVE cargando cada uno con una saca de bobinas de cine, ante el pasmo del resto de pasajeros.

Hora y media después, al llegar a la estación de Puerta de Atocha, ya nos está esperando una furgoneta del CNI, camuflada como de la Panificadora Palentina, que nos traslada a los laboratorios supersecretos del CNI situados en los sótanos del número 3 duplicado de la calle Barquillo, a un paso de la Cibeles. Aunque no puedo dar más pistas o me echarán la bronca.

A nuestra llegada, nos recibe impaciente don Agapito Garbanzal, jefe del laboratorio, al frente de un escuadrón de técnicos ataviados con bata blanca que, de inmediato, se reparten los rollos de película por parejas y comienzan a trabajar en ellos con la consigna de tenerlos listos a primera hora de la mañana del día siguiente.

Cyrano

En ese momento, cumplida la primera parte de nuestro cometido, llamamos a mamá para decirle que no volveremos a casa hasta mañana a mediodía. A ella le parece de perlas, porque, casualmente, en la nevera no tiene nada de valor. Además, así se puede ir esta noche de juerga con sus amigas.

Mi padre y yo nos registramos en un hotel cercano, donde hacen buenos descuentos a espías y agentes secretos. Comemos en un mejicano y, por la tarde, conseguimos entradas para el teatro. Vemos una versión de *Cyrano de Bergerac* interpretada por ese señor calvo que sale en la serie *La que se avecina*. Me divierto mucho, aunque se me hace larga. No suelo ir al teatro, la verdad; pero creo que podría acostumbrarme con facilidad.

A la salida del teatro, paseamos por la plaza Mayor, donde hay un abeto enorme, miles de luces de colores y centenares de japoneses haciendo fotos.

Me gusta Madrid, aunque lo encuentro excesivamente bullicioso.

30 de diciembre

Papá y yo nos levantamos pronto.

He dormido bien, de un tirón. Por suerte, mi padre no ronca. En realidad, ningún espía ronca, porque si roncas no apruebas el examen de agente secreto. Un buen agente secreto ha de ser sigiloso, incluso cuando duerme.

Tras dejar el hotel, desayunamos café con leche y porras en el bar de la esquina y nos dirigimos al laboratorio del CNI dispuestos a recoger la versión modificada de *Solaris* y regresar al cine Kirov a tiempo para su proyección como cierre de la Mucinsovi.

Pero nos tropezamos con el primer inconveniente.

–Lo siento, Manley. Algunos equipos van con retraso –dice el jefe Garbanzal cuando nos ve llegar–. Tendréis que esperar.

Mi padre consulta su reloj.

–Vamos mal de tiempo. En treinta minutos deberíamos estar en Atocha. El de las diez es el último AVE que nos permite llegar a tiempo para proyectar la película en el horario previsto.

–Tranquilo, no volveréis a casa en el AVE. He pedido un helicóptero a la Unidad Logística.

Me tiemblan las piernas de gusto al oír aquello. ¡Voy a montar en helicóptero! ¡Sí, sí, sí!

El tiempo avanza a paso de gusano de seda. Y eso que en la sala de espera en la que nos instalamos hay bebidas gratis y una pantalla enorme en la que se reproducen en bucle todas las películas del agente 007.

Hace ya un buen rato que mi padre pasea de un lado a otro de la habitación como el conejito de Duracell cuando, por fin, aparece de nuevo don Agapito.

–¡Listo, vámonos! –exclama, sin más.

Corremos por pasillos desiertos hasta un ascensor al que el jefe del laboratorio llama mediante una clave de ocho cifras marcada en un panel numérico.

El ascensor asciende como un rayo hasta la azotea del edificio.

Al salir al exterior, pese a quedar deslumbrados por el sol, distinguimos un helicóptero militar, pintado de verde OTAN y sin más inscripciones que una especie de dianas en colores rojo y gualda. Mantiene el rotor en marcha y dos tipos corpulentos están cargando en su interior las sacas de película.

El piloto ha acudido a buscarnos. Usa las mismas gafas oscuras que mi padre, pero se viste con mono y casco de aviador. Nos acompaña hasta el aparato, nos pone un paracaídas a cada uno, nos sienta en la parte trasera y nos abrocha los cinturones de seguridad.

–¡Vamos con mucho retraso! –le grita mi padre al piloto.

–¡Pues iremos volando!

Enseguida, despegamos y sobrevolamos Madrid.

A los dos minutos de vuelo, ya sé lo que quiero ser de mayor: piloto de helicópteros.

Retraso

Tras una breve conversación, Cascorro colgó su móvil y cruzó una mirada de preocupación con Vladimir Lemonov.

–Ya están en camino. Acaban de despegar del centro de Madrid.

–¿Cuándo *llegarrrán*?

–Aproximadamente, una hora. Quizá algo más.

–¡Una *horrra*!

–Vienen en helicóptero, no en cohete.

–Proyección de *Solaris deberrría* empezar dentro de diez minutos. Tendremos que buscar excusa para comenzar con retraso. ¿Se le ocurre algo, *generrral*?

Cascorro apretó los puños.

–¿Qué tal fusilar al proyeccionista? Ese sería un buen motivo para retrasar la sesión.

–Hombre, quizás haya alguna otra posibilidad... ¿o qué?

El militar resopló como un búfalo.

–Diez minutos. Diez minutos para que se nos ocurra algo genial... o para que suceda un milagro.

–De momento, *deberrría* usted bajar a abrir puertas de cine, *generrral*. *Primerrros* asistentes ya *estarrrán* llegando.

Cascorro no replicó. Siempre mascullando por lo bajo maldiciones irreproducibles, bajó de la cabina y comenzó a abrir las puertas de madera y cristal que daban acceso al vestíbulo del Kirov.

Al echar un vistazo a la calle, se sorprendió sobremanera al descubrir, más allá de quienes ya esperaban frente al cine para entrar en la sesión, a un nutrido grupo de ciclistas urbanos que se acercaban desde el fondo de la plaza, encabezados por el señor alcalde y el embajador ruso Berberoff. Todos ellos pedaleaban a lomos de bicicletas del sistema municipal de alquiler, pintadas con su característico color azul.

Los periodistas destacados para cubrir la clausura de la Mucinsovi corrieron a entrevistar al alcalde Paco y al embajador.

El primer edil llevaba bien aprendido su discursito.

–Este ayuntamiento apuesta por el biopedaleo renovable y sostenible. Es por ello por lo que hemos ofrecido tarjetas-bici del servicio municipal de alquiler Serbici a todos los asistentes a la Maripili, para que puedan desplazarse de modo ecológico desde su hotel al cine Kirov... ¡y *biciversa*! ¡Ja! Además, estas bicicletas cuentan desde hoy con una audioguía controlada por GPS que explica en tiempo real la historia y las características de todos los lugares por los que se circula. ¡Una iniciativa pionera en España! ¿Alguna pregunta?

–Aquí, señor alcalde. Soy Rufino Visconti, de la cadena SER. ¿Cómo es que el Serbici ofrece audioguías cuando, según el código de la circulación, está prohibido utilizar auriculares mientras se conducen bicicletas?

El alcalde palideció.

–¡Buena pregunta, Rufino! Y ahora, vamos todos al cine, que tenemos que disfrutar como gorrinos con esa película tan estupenda que cierra el festival.

Desde la puerta del cine, el general Cascorro consultó de nuevo su reloj y calculó que los Manley aún tardarían al menos cuarenta minutos en llegar con la película.

–Parece que hoy no es día para milagros –murmuró el militar, con desaliento.

Y, sin embargo, diez segundos más tarde comprobó con alivio que se equivocaba.

Milagro

–¡Quieto todo el mundo!

Un paréntesis de helor siguió a la orden emitida por el jefe de la policía local, Martín Porras, a través de la megafonía del coche patrulla que acababa de aparecer a toda velocidad por el fondo de la calle hasta detenerse frente a la entrada del Kirov en medio de un enervante chirrido de frenos.

De inmediato, el policía se apeó del vehículo. También lo hicieron, por las puertas traseras, los agentes Cascante y Torralba.

–¡Que nadie pestañee siquiera hasta que yo lo diga!

Haciendo, sin embargo, caso omiso de la orden del jefe Porras, una mujer morena, de mediana edad y porte decidido, salió de su escondite tras un contenedor de escombros y se acercó a los municipales agitando el brazo.

–¡Aquí, agentes! –exclamó.

–¿Quién porras es usted, si puede saberse?

–Me llamo Elvira Ballesteros y soy detective privada. Soy yo quien les ha llamado.

De inmediato, también el alcalde Paco pareció volver a la vida. Y lo hizo para acercarse a su jefe de policía, llevando de la mano su bicicleta azul municipal.

–¿Alguien me puede explicar qué está pasando aquí, Porras?

–¡Señor alcaldeee! –declamó el policía, con entonación de actor griego–. Mis hombres y yo respondemos a una llamada solicitando la recuperación de un vehículo sobre el que pesa una denuncia de sustracción efectuada hace algunos días.

–¿Qué clase de vehículo?

–Una bicicleta.

El alcalde Paco alzó las cejas, echó un vistazo a su alrededor y calculó que los rodeaban no menos de cuarenta rusos a lomos de las bicicletas del Serbici. Incluido el embajador Berberoff.

–¿Me está diciendo que las bicicletas municipales son robadas?

–Tenemos pruebas de que una de ellas, al menos, sí lo es.

–¡No me diga! ¿Y cuál?

–Eso es lo que vamos a averiguar acto seguido –dijo Porras, alzando en la mano varios papeles–. Tengo el número de serie del bastidor. Mis hombres van a comprobarlos todos, uno por uno. ¡Que nadie intente escabullirse o no respondo! ¡Todos quietos como una porra y que cada cual aguante su bici!

Desde la puerta del Kirov, el general Cascorro respiró con alivio. Casi no podía creerlo, pero el milagro que deseaba se estaba produciendo. Aquel extraño incidente sin duda iba a propiciar un retraso en el comienzo de la sesión de la Mucinsovi.

–Tranquilos, chicos, tranquilos –susurró para sí, viendo a Cascante y Torralba comprobando los números de bastidor de las bicis–. Tomaos vuestro tiempo.

Por desgracia, no tardaron demasiado. En apenas diez minutos, el agente Cascante alertó al jefe Porras.

–¡Lo tengo, jefe! Esta es. El número coincide.

Martín Porras, el alcalde Paco y la detective Ballesteros acudieron al momento para efectuar la comprobación correspondiente.

–¡Ajá! ¡Aquí lo tiene! ¡Más claro que la porra! –dictaminó enseguida el jefe de policía–. El número de serie coincide con el de la denuncia y con el de la correspondiente factura de compra presentada por el denunciante. No hay duda de que se trata de la bicicleta desaparecida.

–Pero es de otro color –hizo notar el primer edil, comprobando la denuncia–. Aquí dice que la bici sustraída es blanca.

–En efecto –confirmó la madre de Félix–. Porque ha sido repintada del azul oficial del servicio municipal de bicicletas. Incluso, puedo decirles dónde: en Ciclos y biciclos Carvajal, en el barrio de Las Delicias. Estoy segura de que todas estas bicicletas han sido robadas y, luego, repintadas de azul. Sin embargo, me han contratado para recuperar esta, la del hijo de mi cliente. Las demás bicicletas no son de mi incumbencia. Ustedes verán lo que hacen, aunque yo, desde luego, si estuviese en su lugar, abriría una investigación sobre el Serbici. ¡Esto puede ser el mayor caso de corrupción política de la democracia española!

–Gracias por la recomendación, pero haga usted su trabajo, señora, que yo haré el mío –replicó el jefe Porras, muy digno, levantando la barbilla.

Y, de inmediato, se encaró con el ruso que había llegado hasta allí pedaleando en la bicicleta robada a Pilonguito. El eslavo medía metro noventa y cinco. O sea, treinta centímetros más que el policía.

–¡Queda usted detenido por sustracción de vehículo de dos ruedas! –declamó Porras, tomándolo por el brazo.

–¡Oh, vamos! ¡No sea ridículo! –protestó de inmediato el embajador Berberoff ante el alcalde–. El agente Kuryakin se ha limitado a tomar la bicicleta que le ha proporcionado el sistema municipal. ¡Igual que todos sus compañeros! Ellos no han robado nada.

–¡Eso tendrá que demostrarlo, maldito comunista! –bramó Porras–. ¡Vamos, levante las manos, que voy a esposarle!

–Señor alcalde –dijo Berberoff entre dientes, afilando la mirada–. Hágale ver a su jefe de policía que detener a uno de mis hombres podría desencadenar un incidente diplomático de consecuencias imprevisibles. Llamada a consultas de los embajadores; ruptura de relaciones entre España y Rusia; y, en el peor de los escenarios, esto podría desembocar en una guerra. Una guerra mundial termonuclear que acabaría con nuestro planeta convertido en una bola de cenizas radiactivas.

El alcalde Paco empezó a sudar. Alzó las manos, conciliador.

–Vamos, vamos, no perdamos los nervios, amigos míos...

–¡El ruso se viene conmigo a comisaría! –insistió el jefe de los municipales.

–Pero, hombre, Porras –intervino el alcalde– a ver si vamos a destruir el mundo por una cabezonada. Miren, vamos a hacer una cosa: si el encargo de la detective Ballesteros era recuperar esa bicicleta, no veo problema en que se la lleve para devolvérsela a su legítimo dueño. Incluso le podemos dar un vale para que la vuelvan a pintar de su color original por cuenta del ayuntamiento. Y, con eso, quizá su cliente accedería a retirar la denuncia, y aquí no ha pasado nada.

–¡Y una porra!

–No hablo con usted, jefe. Le pregunto a la detective Ballesteros. ¿Qué le parece el trato, señora?

–Por mí, bien. Con eso, resuelvo mi caso. Pero aquí está ocurriendo algo muy raro, señor alcalde.

Algunos rusos cruzaron miradas de soslayo al oír las palabras de la detective.

–Bueno, si es así, mañana mismo el jefe Porras iniciará una investigación, a ver qué descubre –propuso el alcalde Paco–. Y, supongo, podremos contar con su ayuda.

–Desde luego que sí –aceptó Elvira, muy ufana–. En lo que esté en mi mano, cuenten conmigo.

–¡Pues ya está! Asunto resuelto. Ya podemos volver al programa previsto. Que todo el mundo aparque su bicicleta y pasemos al interior del cine Kirov. En unos minutos, daremos comienzo a la sesión de clausura de la Mundinovi. La Macarroni. La... bueno, ya saben.

El general Cascorro, en la distancia, aunque sin perder ripio de lo que sucedía, chasqueó la lengua. El incidente provocado por la detective Ballesteros había resultado providencial para retrasar el inicio de la proyección de *Solaris*, pero se había quedado un pelín corto, por desgracia.

Cascorro tomó su móvil y llamó al agente Manley.

–Felipe, ¿cómo va la cosa?

–Aterrizaremos en diez minutos, mi general. En la plaza de toros.

–Bien. Envío de inmediato un coche allí, para recogerles. Dense prisa.

Diez minutos. Más otros cinco minutos desde la plaza de toros al Kirov. Y quizá cinco minutos más para llegar hasta la cabina y colocar la película en el proyector. En total, veinte minutos, calculó el militar. Tenía que ganar veinte minutos como fuera.

Respiró hondo, se frotó el puente de la nariz. Tuvo una idea.

–Señor alcalde...

–¿Sí, general?

Cascorro había abordado al alcalde Paco justo cuando este puso el pie dentro del cine Kirov.

–Verá, con el lío este de la bicicleta robada y tal... llevamos un considerable retraso sobre el horario previsto. Como la película que se va a proyectar dura casi tres horas, la clausura oficial de la Muestra no se podrá hacer antes de las tres y media de la tarde.

–¿Una película de tres horas? ¡Virgen santa! ¡Pero si eso no hay quien lo aguante!

–En efecto, algo así solo lo soportan los rusos, que son gente paciente, curtida en mil discursos interminables. Precisamente por eso estaba pensando... ¿por qué no hacen usted y el embajador los discursos de clausura ahora mismo, antes de la proyección? Luego, echamos la peli, pero usted podrá marcharse a su casa cuando quiera con cualquier excusa porque el acto oficial ya habrá finalizado.

Al alcalde Paco, que odiaba el cine, la propuesta del general le ensanchó el corazón.

–¡Qué buena idea, general! ¡Qué buena idea! Sí, sí, sí, voy

a intentar convencer al embajador ruso de que es lo más práctico y conveniente.

El general suspiró con alivio para sus adentros. Si el embajador ruso aceptaba adelantar los discursos, ganaría sobradamente los minutos que necesitaba.

Primer rollo

Cuando aterrizamos en medio del redondel de la plaza de toros, estoy absolutamente entusiasmado con el vuelo en helicóptero. Me parece la mejor experiencia de mi vida. Le pregunto al piloto si me puedo quedar el paracaídas como recuerdo, pero me dice que no. Lástima.

En los medios del coso taurino, nos espera una furgonetita Citroën Berlingo, con las puertas abiertas.

–¡Vamos! –exclama mi padre–. ¡Ayúdame a bajar las sacas! ¡Llegamos tardísimo!

Las cargamos en la parte trasera de la Berlingo y, de inmediato, salimos zumbando. Conduce un hombre muy serio, vestido con traje oscuro, corbata oscura y gafas oscuras.

–Hombre, Ramiro –lo saluda mi padre.

–Felipe...

Salimos del ruedo por la puerta de cuadrillas y ganamos la calle. El tal Ramiro conduce como un profesional por callejones estrechísimos, lóbregos, húmedos y solitarios, evitando las avenidas principales. Callejones que nos conducen hasta las cercanías del Kirov en menos de cinco minutos.

Por precaución, nos detenemos a una manzana de distancia del cine.

–Coge el primer rollo de la película y llévaselo a Lemonov para que pueda empezar la proyección –me dice mi padre–. Ramiro y yo te seguiremos enseguida con el resto de las bobinas. ¡Corre!

Batacazo y pollos

Salgo del coche y echo a correr con la lata de película entre los brazos. Debe de medir casi un metro de diámetro y no pesará menos de diez kilos, así que he de dosificar el esfuerzo o me asfixiaré antes de llegar.

La calle que conduce al Kirov está adoquinada y en ligera pendiente. Atolondrado de mí, no tardo ni cuatro pasos en tropezar con un adoquín algo más alto que el resto. Trastabillo, caigo, ruedo por el suelo. Durísimo suelo.

Pero la que rueda mucho mejor que yo, calle abajo, es la lata de película. En lo que me cuesta levantar la vista, la distingo alejándose de mí, rebotando en el adoquinado, ganando velocidad.

–¡Ay, madre...!

Me pongo en pie de un salto y corro desesperado tras la bobina que huye. En la caída, me he golpeado los codos y las rodillas, pero no parece ser nada serio. Eso sí, entre el susto y el esfuerzo, estoy casi sin aire.

Al llegar a la altura del cine, la bobina enloquecida está a punto de derribar a un motorista algo despistado que aparece por una bocacalle. Algunos metros más adelante, salta el bordillo y sigue rodando sobre la acera. De milagro no se lleva por delante a un anciano con andador. Por fin, cuando la calle gira en ángulo, la maldita lata de película se cuela como una exhalación por la puerta de una tienda de pollos.

No es una tienda de pollos asados. Es una tienda de pollos vivos y otros pájaros, que no entiendo qué demonios hace abierta la mañana de un domingo.

Antes de llegar, ya oigo una algarabía colosal, mezcla de graznidos, cacareos y maldiciones del dueño. Cuando entro en el local, que apesta a gallinero, aún hay plumas de aves diversas volando por el aire.

–¡Lo siento! –exclamo.

La bobina maldita se ha estrellado contra unas jaulas vacías apiladas al fondo, provocando un escándalo que ha asustado a todos los animales, pero, por fortuna, sin causar bajas avícolas.

La lata, aunque algo abollada, ha resistido la carrera y el impacto. Las latas rusas son de primera, por lo que veo.

–Pero... ¿pero esto qué es? –me pregunta, muy alterado, el dueño del establecimiento, que también tiene cara de pájaro y viste un guardapolvo azul.

–Perdone, pero tengo que marcharme a toda prisa. Es una emergencia nacional. Si quiere reclamar algo por los desperfectos, póngase en contacto con el CNI. ¡Pregunte por el general Cascorro! –le grito, al salir.

–Ah... vale.

Echo a correr hacia el Kirov, de nuevo con la lata en brazos. Ahora, lo hago con mucho más cuidado. Veo la puerta lateral a lo lejos, a unos cien metros, calculo.

Los cien metros más largos de mi vida.

Por fin, jadeante y sudoroso a pesar del frío de la calle, entro en el cine por la puertecita de servicio. Sin embargo, apenas puedo avanzar dos pasos, porque hasta el último rincón del vestíbulo se encuentra atestado de rusos que forman una muralla humana infranqueable.

Al fondo, junto a la entrada a la sala, distingo al alcalde Paco y al embajador Berberoff, dirigiéndose a los asistentes desde lo alto de una pequeña tarima.

Trato de llegar hasta la puerta de acceso a la cabina de proyección, pero la densidad de rusos por centímetro cuadrado es apabullante.

–¡Por favor! ¿Me permiten pasar? Tengo que llegar hasta esa puerta...

Los rusos me miran con indiferencia y no mueven ni un pie. Trato de abrirme paso a empujones, pero es como empujar la muralla del Kremlin.

Entonces, a mi espalda, oigo dos sonidos inconfundibles: uno de ellos es el del movimiento del cerrojo de una pistola automática. El otro, el de la voz aguardentosa del general Cascorro.

–¡A ver, señores, que el muchacho les está pidiendo con mucha educación que se echen a un lado, pero yo no tengo tanta paciencia como él y a lo mejor decido abrirme paso a tiro limpio! ¿Estamos?

El ruso más cercano lo mira desde arriba y le dirige una frase en su lengua natal que suena como el gruñido de un oso polar.

–¡No me vengas con esas! –replica Cascorro, apuntándole con el arma–. ¡Me entiendes perfectamente, hijo de Stalin! ¡Aparta de aquí o te mando fusilar!

Diez miradas azules se vuelven hacia Cascorro, pero nadie mueve un músculo. Yo me protejo detrás de la lata de película, porque temo que en cualquier momento se desate una ensalada de tiros.

Por suerte, cuando el conflicto parece ya inevitable, los discursos terminan, los rusos aplauden rítmicamente y, en unos segundos, tanto ellos como el resto de los asistentes a la Mucinsovi comienzan a desalojar el vestíbulo para ir ocupando sus butacas en la platea. Con ello, se despeja mi camino hacia la cabina de proyección, donde Lemonov lleva veinte minutos comiéndose las uñas.

–¡Menos mal! –exclama al verme, lanzándose a abrir la lata de película–. Vamos, vamos, vamos, hay que montar rollo en proyector. ¿Y resto de bobinas?

–Vienen de camino.

El padre de Valeria, pese a la tensión, se maneja como un proyeccionista de primera, sin errores. Y así, en apenas un minuto, estamos listos para iniciar la sesión.

–*Fuerrra* luces –me ordena, señalando los interruptores.

Obedezco y, tras hacerse la oscuridad en la sala, Lemonov pone en marcha el viejo proyector Gaumont que él mismo se encargó de restaurar cuando se hizo cargo del antiguo cine Roxy.

Casi en el mismo instante, aparece mi padre en la puerta de la cabina, acompañado por el agente Ramiro y el general Cascorro. Entre los tres cargan con el resto de las latas de película.

Y, como si nos hubiésemos puesto de acuerdo, los cinco exhalamos un suspiro de alivio colectivo.

Algo no va bien

 Tras aproximadamente una hora de soporífera proyección, el general Cascorro, que lleva un buen rato en paradero desconocido, entra de nuevo en la cabina. Según su costumbre, lo hace echando chispas y con la mirada encendida.

–¡Manley!

–¡Ay...! Diga, mi general.

–Aquí hay algo que no me gusta nada.

–Si se refiere a la película, en efecto, es un tostón.

–No sea memo. Lo que pasa es que, ahí abajo, en la sala, no veo a ningún ruso usando gafas especiales.

Lemonov, que acaba de poner en proyección el quinto rollo, se vuelve, extrañado.

–¿Cómo?

–Para poder leer las instrucciones insertadas en la película, usted dijo que era necesario usar unas gafas estratosféricas.

–Estroboscópicas.

–¡Como sean! ¿Por qué ninguno de los agentes rusos está usando esas gafas? ¿Las ha repartido a la entrada?

–Eeeh... no, no señor. Desde Moscú me dijeron que, este año, cada agente llevaría sus propias gafas, por una cuestión de seguridad. Para evitar que, por descuido, personas no *autorrizadas pudierrran* acceder a información.

–¡Pues nadie está usando gafas! ¡Nadie! He subido al palco y he pasado un buen rato observando a los espectadores. Nadie con gafas especiales. Ni uno solo.

Un silencio de catacumba sigue a las palabras del general. Un silencio que rompe mi padre.

–Eso significa que toda la información falsa que tanto nos ha costado insertar en la película... ¿no está sirviendo de nada? ¿Nadie la está leyendo?

–Eso creo –confirma el general. Y se encara de nuevo con Lemonov–. ¿Y las películas que proyectó ayer? ¿Contenían información oculta?

El ruso palidece.

–Lo cierto es que... con todo gran lío que se organizó, prisas, cambio de programa a última *horrra*... no se me ocurrió comprobarlo. *Perrro* películas aún están ahí –dice, señalando varias sacas en un rincón de la cabina–. Podemos *asegurrrarnos ahorrra* mismo.

–Hágalo.

Lemonov elige al azar un rollo de cada película y los monta en las dos máquinas de rebobinar. Girando la manivela, hace avanzar la película varios metros, toma una lupa y examina varios fotogramas.

–No hay nada *rarrro*.

Pasa al segundo rollo. Hace avanzar la película, deslizándola entre los dedos índice y corazón de la mano izquierda, tratando de localizar algún empalme. La examina también con lupa en otros dos puntos al azar. Concluye:

–Cintas están limpias como patena. Sin cortes. No hay fotogramas insertados. ¿*Quierrre* que compruebe otras bobinas?

El general, muy serio, niega lentamente con la cabeza.

–No es necesario. Estoy seguro de que el resultado será el mismo.

Mi padre y Lemonov se miran, inquietos. El general Cascorro saca entonces su teléfono móvil, busca un número en la agenda y llama.

–Garbanzal, soy Cascorro... Lamento despertarlo... Sí, ya sé que ni usted ni sus hombres han pegado ojo en toda la noche, pero... oiga, es importante. Para introducir en *Solaris* los fotogramas con las falsas instrucciones... primero tuvieron que eliminar los fotogramas con las instrucciones verdaderas, ¿no es así?... ¿Cómo? ¿No las había? ¿Está seguro?... ¿Y cómo no me dijo nada?... Sí, claro que no, pero las otras películas eran copias limpias que nosotros habíamos comprado. Y esta no. Esta era la verdadera película que enviaron desde Moscú. ¡Debía contener instrucciones para sus agentes!... De modo que no había nada... Vale, vale... Hala, siga durmiendo... Que sí, hombre, que sí, seguro que concilia el sueño enseguida... ¡Que se duerma, caray! ¡Es una orden! ¡Y próspero año nuevo!

Tras colgar, el general Cascorro pasea sobre todos nosotros una mirada distinta de todas las que yo le conocía hasta ahora. Una mirada en la que, por vez primera, puedo leer la derrota.

–Confirmado. Hemos hecho el idiota, señores –sentencia–. Lo hemos intentado, ya lo creo que sí, pero los rusos nos han ganado en toda regla. En algún momento cambiaron de estrategia, nuestro plan dejó de tener sentido... y nosotros no nos dimos ni cuenta. Esta vez, no han hecho llegar las instrucciones a sus agentes a través de las películas, como hicieron el año pasado. Seguramente, han utilizado otro modo, aunque no sabemos cuál. No sé si cambiaron de idea hace tiempo o ha sido una decisión de última hora, tomada cuando el matrimonio Pons descubrió que Valeria estaba en Osia. Sea como sea, la Operación Falmucinsovi ha sido un rotundo fracaso. Enhoramala a todos.

El inevitable silencio posterior lo rompe, unos segundos más tarde, Vladimir Lemonov.

–¿Y qué hay de lo mío?

–¿Lo suyo? –pregunta Cascorro.

–Aunque ustedes hayan metido pata, yo he cumplido mi

parte de trato. *Esperrro* que mi hija y yo podamos convertirnos en ciudadanos españoles.

–Eso ya lo veremos –es la seca respuesta del militar.

Lemonov rechina los dientes y vuelve a ocuparse de la proyección. Mi padre mira al suelo. El general se rasca la nuca. Yo levanto la mano, como cuando quería ir al retrete en el colegio.

–¿Qué pasa, Félix?

–No, nada... estaba pensando...

–¿En qué?

–En que... seguro que los rusos no han traído hasta aquí a todos sus agentes solo para que vean tres películas. Quizá todavía estemos a tiempo de averiguar cómo les han informado de sus misiones para el año próximo. Quedan aún dos horas de película.

Los tres hombres me miran durante unos segundos. Por fin, Cascorro vuelve a hablar.

–Vale. Tienes razón. Dos horas para percatarnos de un detalle en el que aún no hemos caído. Para ver algo que todavía no hemos visto. Bien pensado, muchacho. Si, además, eres tú quien encuentra la solución, te nombraré agente honorario.

En blanco

Yo ya me veía con mi diploma de agente honorario del CNI colgado de la pared de mi cuarto; pero después de una hora de pasear por los alrededores del Kirov, de recorrer todos sus pasillos, de sentarme entre los espectadores, de observar a hurtadillas al embajador Berberoff y de examinar con lupa los carteles y los programas de mano enviados desde Moscú, no había logrado descubrir nada sospechoso.

Mi padre, el general y don Vladimir tampoco habían tenido mejor suerte.

–Tiempo se acaba –anunció Lemonov–. Voy a meter último rollo en proyector. Veinte minutos. Luego, mis compatriotas se *marcharrrán* y nos *dejarrrán* con dos palmos de *narrrices.*

Era una buena predicción.

Y fin

–Se acabó –murmura Lemonov cuando la palabra «конец» aparece en la pantalla, transcurridas dos horas y cincuenta minutos del inicio de *Solaris.*

De inmediato, enciende las luces de la sala. Se han oído algunos tímidos aplausos. Los espectadores se levantan y van abandonando la platea del Kirov entre bostezos, conversaciones y algunas risas en ruso.

Ya en el exterior, tras abundantes apretones de manos y algunos besos por triplicado, los asistentes a la Mucinsovi se dispersan caminando en diferentes direcciones, aunque muchos optan por utilizar las bicicletas municipales y unos pocos, como el embajador Berberoff, son recogidos por automóviles negros con cristales tintados.

Quince minutos más tarde, solo Lemonov, mi padre, el general Cascorro y yo permanecemos ante la fachada del cine Kirov, mirando al vacío, las manos en los bolsillos, silentes, inmóviles. Como los tres mosqueteros de Alejandro Dumas, que, como todo el mundo sabe, eran cuatro. O como los cinco de Enid Blyton, que, como todo el mundo sabe, también eran cuatro. Bueno, cuatro y un perro.

–Esa parada del Serbici no estaba ahí hace dos semanas, cuando vine con mi amigo Luisfer a ver *Moscú no cree en las lágrimas*.

–Tienes razón. La *pusierrron* hace solo unos días.

–Pues voy a aprovecharla. Me voy a casa en bicicleta.

Me acerco a la parada, saco mi tarjeta del Serbici y la paso sobre el lector. La paso de nuevo. La paso por tercera vez.

–No me fastidies... ¿Por qué no funciona?

–Toma, prueba con la mía –me dice mi padre.

Pruebo. Lo mismo, el lector no reconoce la tarjeta.

–En fin... cansados o no, tendremos que volver a casa andando.

–Esto de las bicicletas municipales no es más que una ocurrencia de los malditos ecologistas –comenta despectivamente el general Cascorro mientras enciende su puro electrónico–. Y una fuente de conflictos, además. Aunque nos ha venido bien para retrasar la proyección, tendríais que haber visto el follón que se ha organizado poco antes de vuestra llegada. Los municipales querían llevarse detenido a uno de los rusos porque la bici en la que había venido era robada.

–¿Una de las bicis del ayuntamiento era robada?

–Eso parece. Han comprobado el número de bastidor y estaba denunciada. Se la ha llevado una detective privada, para devolvérsela a su dueño.

Mi padre y yo nos miramos, sorprendidos.

–¿Una detective privada se ha llevado la bicicleta? ¿Cómo era?

Cascorro hace memoria.

–Con dos ruedas y de color azul.

–La bicicleta no. ¡La detective!

–¡Ah! No sé... mediana edad, de pelo moreno, de unos cuarenta y dos años. Llevaba en la mano una lupa muy grande, de cristal alemán.

–¡Era ella! –exclamamos al unísono mi padre y yo.

–¿La conocéis?

–Es mi mujer, la madre de Félix. Lleva varios días buscando una bicicleta robada.

–¡Qué casualidad! Bueno, al menos ella ha resuelto su caso. Y no como nosotros, que hemos fracasado estrepitosamente.

Nos miramos por última vez y, con un gesto de despedida, cada cual emprende su camino. El general se marcha refunfuñando, en dirección sur. Don Vladimir vuelve al interior del cine, supongo que para ir recogiendo y cerrar la sala después. Mi padre y yo emprendemos camino a casa.

Primera hora de la tarde del último domingo del año. Mañana, Nochevieja. Hace frío y sopla un viento desapacible. Nadie por las aceras, salvo nosotros dos, que caminamos a buen paso. Al poco, sin embargo, me voy quedando atrás, sin darme cuenta.

Mi padre, que me ha sacado una decena de metros de ventaja, se detiene y se vuelve hacia mí.

–¿Qué te pasa? ¿Por qué vas tan despacio?

Alzo la vista, que tenía enterrada en el pavimento.

–Estaba pensando...

–Siempre estás pensando, hijo. ¡Qué pesadez! A ver, ¿en qué pensabas ahora?

–En... bicicletas y casualidades.

–No te entiendo.

–Mientras nosotros volábamos en helicóptero desde Madrid, mamá resolvía su caso precisamente frente al cine Kirov. Ha encontrado la bici de Pilonguito camuflada como una bicicleta municipal. Con los rusos de por medio. Junto a una parada del Serbici que la semana pasada no existía. Una parada que han utilizado sin problemas un montón de rusos, pero que no funciona con mi tarjeta ni con la tuya.

Mi padre parpadea.

–¿Y qué?

–No sé. Pero es todo muy raro, ¿no te parece?

Mi padre se encoge de hombros.

Azul Prusia

Al llegar a casa, huele de maravilla.

–¿Qué horas son estas de llegar? –pregunta mi madre.

–Disculpa, cielo. La muestra de cine ruso se ha retrasado y...

–¿A que no sabéis qué? –corta ella.

–Has resuelto el caso de la bici de Pilonguito.

–¡Sí! ¡Sí, sí, sí! –exclama ella, alzando los brazos–. ¡Un nuevo éxito para la magnífica Elvira Ballesteros!

Mi padre la abraza, con cariño.

–¡Felicidades! –le dice al oído–. No sabes cuánto me alegro de que, al menos a ti, las cosas te hayan ido bien. Anda, cuéntanos cómo lo has logrado. Pero hazlo mientras comemos. ¡Me muero de hambre!

De primero, crema de calabaza. Me encanta.

Apenas nos sentamos a la mesa, mi madre comienza su relato, a velocidad de ametralladora.

–Ya sabéis que, desde que me encargaron recuperar la bici de Eduardo, ese al que le decís Pilonguito, me estuve recorriendo la ciudad entera, visitando todos los talleres de reparación de bicicletas. Pues bien, hace tres días, estando en Ciclos y biciclos Carvajal, en el barrio de Las Delicias, me llamó la atención que, junto a la entrada al taller, tenían apiladas un montón de latas de pintura azul Prusia. Exactamente el color de las bicicletas del ayuntamiento. Y como la bici de Pilonguito es de un modelo muy parecido a las del Serbici, se me encendió la bombilla. Quiero decir, que me pareció sospechoso. Así que rompí los frenos de la bicicleta de Félix para llevarla a arreglar y así tener una buena excusa para volver a talleres Carvajal. Desarrollé un plan simple pero brillante, y anteayer, cuando acudí a recoger la bicicleta, conseguí entrar en el taller y sacar unas cuantas fotos esclarecedoras.

–Gracias a mi magnífica maniobra de distracción –apunto.

–¿Queréis ver las fotos que saqué?

Mi madre está eufórica. Ni siquiera ha probado la crema de calabaza y habla a ritmo extraterrestre. Por el contrario, mi padre se esfuerza en vano por sonreír de cuando en cuando, mientras se lleva a la boca la cuchara una y otra vez de modo automático.

–Por supuesto, Elvira –responde amable, aunque sin entusiasmo alguno–. A ver esas fotos.

Mi madre nos muestra la pantalla de su móvil mientras sigue con sus explicaciones.

–Allí estaban, mirad: unas cuarenta bicicletas del mismo modelo que la de Pilonguito, todas recién pintadas de azul Prusia. Seguramente todas ellas sustraídas por alguna banda de cacos en las semanas anteriores.

Mi padre parpadea.

–Pero... a ver, ¿estás diciendo que las mandó robar el ayuntamiento?

–Hombre, no lo creo. Seguro que lo hizo la empresa concesionaria del Serbici. En lugar de comprar bicicletas, las manda robar y las pinta de azul. ¡Negocio redondo!

–¿Te refieres a Ciclos Carvajal? –pregunto.

–Yo creo que Ciclos Carvajal solo se encargó de pintarlas e instalarles el aparatito ese de los auriculares.

Al oír esto, mi padre levanta la vista del plato y se queda mirando en silencio a mi madre.

–¿Qué aparatito es ese, Elvira?

–Ah, ¿no lo sabes? Una idea del concejal de movilidad que se estrenaba hoy. Es una especie de audioguía. Mediante unos auriculares, vas recibiendo información turística de los lugares por donde circulas con la bicicleta.

Mi padre y yo nos miramos. Nos miramos con la sensación de que algunas piezas del rompecabezas ruso podrían encajan de repente en su lugar. Cuarenta bicicletas de color azul. Equipadas con una audioguía con auriculares. Una parada del Serbici que no funciona con las tarjetas normales de usuario... pero sí con las que tienen los agentes rusos.

No dejo de mirar a mi padre, que permanece con la boca entreabierta. Me basta leer sus ojos para saber que está pensando lo mismo que yo. Los dos a un tiempo exclamamos:

–¡Eso es!

Mi madre nos contempla con pasmo.

–¿Qué os pasa? –pregunta, preocupada–. ¿Estáis bien?

–¡Tiene que ser eso! –afirmo, categórico.

–¿El qué? –repregunta mi madre.

–¡El sistema que han empleado los rusos este año! –responde mi padre–. ¡Seguro que los agentes iban recibiendo sus instrucciones a través de la audioguía mientras pedaleaban entre su hotel y el cine Kirov!

Mi padre se levanta de la mesa como un rayo y corre en busca de su móvil. Pero regresa, aún más nervioso, al cabo de un minuto.

–¡Maldita sea! El general ha apagado su teléfono. Le he dejado un mensaje de voz, pero... ¡deberíamos actuar ya!

–¿Se puede saber de qué estáis hablando? –pregunta mi madre.

–¡Las audioguías! –exclamo–. Si las misiones de los agentes rusos están grabadas en las audioguías, tenemos que hacernos con ellas. ¡Con alguna de ellas, al menos!

–¡Efectivamente! –confirma mi padre, llevándose las manos a la cabeza–. ¡Tenemos que encontrar alguna de esas bicicletas!

–¡Las habrán aparcado en la parada del Serbici más cercana a su hotel!

–No, no, ya no estarán allí. Los rusos son muy rápidos borrando sus huellas. Seguro que ya han retirado todas las bicicletas de la calle. Pero ¿dónde las habrán llevado?

–Yo apostaría por Ciclos Carvajal –digo–. Seguro que allí tratan de devolverle a cada una su aspecto original.

–¡Sí, señor! Estoy de acuerdo. ¡Vamos!

Salimos a toda prisa de casa y montamos en nuestro coche. Mi madre tiene cara de no haberse enterado de gran cosa, pero insiste en acompañarnos de todos modos.

Conduciendo a una velocidad temeraria, nos plantamos en menos de diez minutos ante la puerta de Ciclos y biciclos Carvajal.

–¡Mirad! –nos dice mi padre–. Hay luz en el interior. Están trabajando a pesar de ser domingo.

–¿Y qué hacemos? –pregunta mi madre.

–¿Has traído pistola? –pregunto yo.

–No uso pistola, hijo. Solo en ocasiones especiales.

–Ah, vale. En ese caso, quizá podrías pedir refuerzos.

Sin responder a mi propuesta, mi padre sale del coche y se dirige al taller de bicicletas. Solo y a pecho descubierto. Mi madre lo llama, pero no se detiene. Así que salimos los dos tras él.

Abre la puerta de chapa y entra en el local mostrando en alto su carné del CNI.

–¡Quietos todos! ¡Soy agente del gobierno!

Los tres operarios se vuelven hacia nosotros, con los ojos muy abiertos. El encargado se acerca a mi padre, se identifica como Pascual Carvajal y examina su credencial.

–¿Y esos dos? ¿También son del CNI?

–Esos son mi mujer y mi hijo.

–¿Y qué quieren?

Mi padre señala las bicicletas en las que están trabajando.

–Pensamos que esas bicicletas son robadas.

–¿El CNI se dedica a investigar robos de bicicletas?

–Si tiene que ver con la seguridad nacional, claro que sí.

El tipo se encoge de hombros.

–Ni se me había ocurrido pensarlo. Nos las han traído unos clientes. Hace dos días nos pidieron que las pintásemos de azul. Hoy nos han pedido que las despintemos.

–¿Y están trabajando un domingo?

–Tenían prisa y pagan bien. Y mañana es Nochevieja. Hemos pensado que era mejor quitarnos el trabajo de en medio cuanto antes.

–Esos clientes de los que me habla... ¿no serán rusos, por casualidad?–No lo sé. No se me dan bien los acentos extranjeros. Desde luego, chinos no parecían.

Mamá y yo echamos un vistazo a las bicicletas y le dirigimos una mirada negativa a mi padre.

–¿Dónde están las audioguías?

–¿Las audioqué?

–No se haga el tonto conmigo, Carvajal. Los aparatitos con auriculares.

–¡Ah, eso! Las desmontaron los rusos y se las han llevado.

–¡Ajá! ¡De modo que sí eran rusos!

–Bueno... eso es lo que usted dice.

–¿Se las han llevado todas?

–Todas, todas. Claro que sí.

Mi padre se vuelve hacia nosotros.

–Entonces, hemos llegado tarde. Maldita sea...

–Siento no poder ayudarle más –se excusa Carvajal–. Soy un gran fan del CNI, que lo sepa.

–Más lo va a sentir como alguien presente una denuncia por el robo de alguna de esas bicis.

Ya iniciábamos el camino a la salida cuando nos llama uno de los mecánicos del taller. El pelirrojo.

–¡*Esperrre*!

–¿Sí?

–Cuando se marchaban, les he oído comentar algo. A los rusos, digo.

–¿Los ha oído hablar en ruso?

–Sí.

–¿Usted también es ruso?

–Polaco, *perrro* entiendo bien el ruso.

–¿Y qué han dicho?

–Cuando se llevaban los *aparrratitos*, los han contado y se han dado cuenta de que les faltaba uno. Entonces, han llamado por teléfono a un tal Vladimir. Y, enseguida, han salido con prisas.

–¿Que faltaba uno...? –mi padre se lleva una mano a la frente–. ¿Cómo no hemos caído en la cuenta? ¡Claro que les faltaba una audioguía! ¡La de la bicicleta de Pilonguito! ¡Gracias por la información, amigo!

Salimos los tres del taller y corremos hacia nuestro coche.

–¿Qué has hecho con ella, Elvira? ¿Se la has devuelto?

–No, no. Pilonguito y su familia están pasando las navidades en un pueblo de Castilla de nombre muy raro...

–Melgar de Fernamental.

–¡Ese mismo! Vaya memoria, hijo mío.

–¿Y dónde está la bicicleta, entonces?

–La he guardado en nuestro trastero.

Cuando mi padre arranca el coche y pone camino a nuestra casa, no puedo evitar un comentario.

–¿Has oído, papá? El polaco ha dicho que los agentes rusos han llamado a un tal Vladimir. Y Lemonov se llama Vladimir.

–Sí, ya lo he oído –responde mi padre, muy serio–. Pero es un nombre muy común en Rusia.

En el tejado

De nuevo circulamos por la ciudad, fría, navideña, a velocidades nada recomendables, deshaciendo el trayecto que hemos seguido minutos antes, hasta detenernos frente a nuestra casa. Mi padre aparca de cualquier manera, sobre la acera, sin molestarse en meter el coche en el garaje. Saltamos del auto los tres a un tiempo, entramos en el portal y llamamos al ascensor, funcionando en todo momento como un equipo bien coordinado, sin necesidad de hablar, sin instrucciones. Una familia de buenos espías que sabe lo que hay que hacer.

Los trasteros de nuestro edificio se encuentran en una construcción de techo plano que ocupa aproximadamente un tercio de la azotea del edificio.

Subimos en el ascensor hasta el último piso, el cuarto. Desde allí, encaramos un tramo de escaleras que desemboca ya en el exterior, a través de una puerta de chapa que encontramos abierta.

–Normalmente, esta puerta está cerrada –comenta mi madre.

–Mal asunto –susurra mi padre.

Cuando avanzamos por el terrado hacia la entrada de los trasteros, vemos salir de ella a Lemonov, acompañado por dos hombres que parecen recién salidos del campeonato ruso de culturismo.

El padre de Valeria lleva en la mano la audioguía que acaba de quitarle a la bicicleta de Pilonguito.

Los tres rusos se detienen. También nosotros, frente a ellos, a cinco pasos. Mi padre exhibe de nuevo su credencial.

–¡Agente del CNI! –exclama. Y los dos tipos grandes casi se echan a reír.

–Háganse a un lado, Manley –nos pide el padre de Valeria–. Esto ya no tiene sentido. Se acabó.

Sopla un viento gélido. El sol se está poniendo. Mi madre y yo nos detenemos. Mi padre se adelanta unos pasos y se encara con Lemonov.

–¿Por qué hace esto, Vladimir? ¿No quería ser español?

–Sí, bueno... *perrro* quien más lo desea es mi hija. Y, *clarrro,* difícilmente podrá obtener la nacionalidad española, ni ninguna otra nacionalidad, si le ocurre algo irremediable.

–¿A qué se refiere?

El ruso suspira largamente. Señala con un gesto a sus acompañantes.

–¿Es que no ve a estos dos? Hable con su *compañerrro.*

–¿Qué compañero?

–Ese al que dejó con *Valerrria* en pueblo de su abuelo. Llámelo a teléfono de satélite.

–No llevo encima un teléfono de satélite.

–Use el nuestro, entonces.

Lemonov le hace una seña a uno de los gorilas, que saca del bolsillo de su gabán un Iridium 950 y se lo arroja a mi padre.

–No insista, Vladimir. No recuerdo de memoria el número de Eladio.

–No hay problema –replica Lemonov–. Nosotros sí. Marque prefijo ochenta y ocho dieciséis y, después, *memorrria* cuatro.

Mi padre duda aún unos segundos, pero acaba por obedecer. La comunicación se establece enseguida.

–Eladio... soy Manley. ¿Dónde estás?... ¿Todavía en Osia? ¿Por qué? Tus órdenes eran emprender el regreso a primera hora de la tarde... Ah. Que los Pons os han invitado a merendar. Ya, ya, ya... Y han sido muy insistentes... Entiendo... ¿Con quién estás ahí? La chica... su abuelo... ¿y el novio de la chica? Pero...

–Es Luisfer –aclaro.

Mi padre sacude la cabeza, como dando a entender que nada podría salir peor.

–¿Estáis todos bien?... Entendido. No te preocupes, todo está bajo control. Enseguida podréis emprender el regreso. Hasta pronto, Eladio.

Mi padre cuelga y le arroja el teléfono al ruso que se lo prestó. Se lo lanza con mala uva. Si llega a pegarle en la cabeza, lo deja KO. Pero el tipo lo atrapa con una sola mano, sin un titubeo.

–Ya sabe que mis compatriotas pueden ser muy convincentes cuando se lo proponen –dice Lemonov–. Y *ahorrra,* si nos lo permiten... nos vamos.

Veo a mi padre con ganas de replicar. De decir: ustedes no van a ninguna parte. Pero no veo de qué manera podemos entre él, mi madre y yo detener a esas dos mulas pardas vestidas con gabán oscuro y sombrero de fieltro.

Entonces, inesperadamente, comenzamos a oír el ladrido intermitente de un motor de helicóptero. Y, como un amanecer rapidísimo, el aparato surge tras la silueta de los edificios cercanos y, lanzando destellos, se estaciona ocho o diez metros por encima de nuestras cabezas, levantando nubes de polvo y alborotándonos el pelo. Vuelan los sombreros de los rusos.

De inmediato, a través de una cuerda, descienden de la nave tres soldados ataviados como para combatir en la guerra de las galaxias. Se sitúan a nuestro lado rodilla en tierra y apuntan a los rusos con sus fusiles de asalto equipados con telémetros y visores nocturnos. Los dos rusos, a su vez, enarbolan unas pistolas descomunales con las que no les apuntan a ellos, sino a nosotros.

Y yo tengo la sensación de que todo esto va a terminar peor que mal.

Limusina

Lemonov es un tipo muy listo. Ha iniciado su movimiento con los primeros signos de la llegada del helicóptero, de manera que, cuando pasa la sorpresa, y sin que los demás nos hayamos dado cuenta, él ya se ha situado donde pretendía: junto a la balaustrada que rodea la terraza del edificio.

Cuando nos percatamos de ello, Lemonov sujeta la audioguía en la mano derecha, el brazo en alto, completamente extendido.

–¡No lo haga, Vladimir! –exclama mi padre, cuando comprendemos que tiene la intención de arrojarla a la calle.

De inmediato, imagino las consecuencias. Si el aparato se estrella contra el asfalto desde una altura de cuatro pisos, quedará hecho añicos. Aunque... quizá la unidad de memoria se salve y los técnicos del CNI puedan recuperar toda la información que contenía. Tal vez ese es el plan de Lemonov. Tal vez aún siga de nuestra parte y haya encontrado el modo de que nos salgamos con la nuestra.

O todo lo contrario.

Tras un segundo de suspense, ejecuta su amenaza. Con un estilo que me recuerda al de un torero arrojando a su espalda la montera tras brindar la faena al respetable, Lemonov lanza la audioguía a la calle.

De inmediato, el helicóptero se desplaza para iluminar la calzada con su potentísimo foco frontal. Mi padre, olvidando que los rusos nos apuntan con sus armas, corre hacia donde se halla Lemonov. Y yo, tras él.

Cuando nos asomamos, comprobamos con sorpresa que el aparatito no ha llegado a tocar el suelo.

Dos agentes rusos lo han atrapado en su caída con una especie de red extensible y, de inmediato, se introducen en el coche oficial del embajador Berberoff, detenido justo debajo de nosotros, en doble fila, ante el portal de nuestra casa. El propio embajador nos lanza una mirada desde abajo, de pie, junto a la puerta trasera abierta de su vehículo, con una sonrisa que no le cabe en el rostro. Nos saluda con la mano y se mete en el coche, que arranca de inmediato.

El foco del helicóptero lo sigue durante unas decenas de metros, pero enseguida desiste de su persecución.

–El coche oficial del embajador es como una extensión de la sede diplomática –explica mi padre–. Mientras no salga de él, es inviolable. Definitivamente, nos han ganado la partida.

Los dos agentes rusos dejan las armas y levantan las manos. Son esposados por los soldados, que los empujan escaleras abajo. En la calle, se ha detenido ya un furgón del CNI, camuflado como si perteneciera a Pescaderías José Luis.

Mi padre se encara con Lemonov.

–Estoy disgustado, Lemonov; pero quiero que sepa que lo entiendo: lo más importante son los hijos.

El ruso mira a mi padre sin pestañear.

El helicóptero, tras un pequeño vuelo circular sobre los tejados del barrio, se acerca de nuevo. Maniobrando con exquisito cuidado para no derribar la antena colectiva, aterriza en nuestra terraza.

Al momento, desciende del aparato el general Cascorro, que se dirige hacia nosotros. Y a quien saluda en primer lugar es al ruso.

–Vladimir.

–General...

–¿Tienes algo para mí?

Lemonov rebusca en uno de los grandes bolsillos interiores de su abrigo y saca la audioguía de la bicicleta de Pilonguito. Se la entrega a Cascorro.

–¿Cómo es posible? ¿Y la que se ha llevado el embajador? –pregunto, con asombro.

–Se la quité a una bicicleta municipal de camino hacia aquí. Fue fácil dar el cambiazo.

–De nada nos habría servido conseguir esta información si los rusos supiesen que la teníamos en nuestro poder –me explica el general. Necesitábamos convencerlos de que habían recuperado todas las audioguías. ¿Vas entendiendo cómo se juega a este juego?

–Ya veo. Y también veo que hay que ser muy listo.

–¡Bah...! No es para tanto. Seguro que tú podrías llegar a convertirte en un buen agente. Lo más importante para llegar a ser un gran espía es aprender a pensar como un espía. Bueno, y la salud. ¿Qué tal andas tú de salud?

–Bien.

–Pues ya sabes. Cuando termines el bachillerato, te esperamos.

El piloto del helicóptero trae entonces un comunicado para el general.

–Bueno –dice Cascorro, tras leerlo–. El agente Eladio ya ha podido salir de Osia. Viene de camino con la señorita Lemonov... y su novio.

–Sabía que tenía novio –masculla don Vladimir–. ¡Lo sabía!

Nochevieja

Para celebrar el relativo éxito de la Operación Falmucinsovi, al día siguiente acudimos todos a la fiesta de Nochevieja del CNI, en una conocida discoteca de la ciudad.

Fue divertido. El general Cascorro bebió más de la cuenta y empezó a repartir misiones especiales entre los camareros, mientras insistía en que había que fusilar al *disc jockey*.

Lemonov, por su parte, se destapó como un excelente cantante de karaoke. Además, descubrimos que cuando canta no tiene ningún acento. Dicen que lo mismo les ocurre a los tartamudos.

Mis padres, en su línea, estuvieron bailando hasta el amanecer todo lo que vomitaron los altavoces de la pista: moderno, lento, apretado o regional.

Luisfer y Valeria estuvieron toda la noche a lo suyo, como si el resto del mundo no existiese. En fin, para qué entrar en detalles.

Y el agente Eladio y yo nos pasamos la fiesta comiendo canapés e intentando ligar con las estudiantes de la escuela de espías del CNI. Todas ellas me preguntaron si de mayor quería ser agente secreto. A todas les dije que sí, porque suponía que era lo que ellas querían oír, pero, en realidad, más que en espía, creo me gustaría convertirme en escritor de novelas de espías. Tanto es así que he abandonado la lectura de *Ana Karenina* y he empezado con *Nuestro hombre en La Habana.* Ya voy por la página seis.

Epílogo cortito

Al año siguiente, los rusos no emprendieron ninguna de las misiones que aparecían descritas en las audioguías, así que todos nuestros esfuerzos, nuestros desvelos, nuestras angustias, nuestros batacazos de aquellos fríos días finalmente resultaron baldíos. Tanto para nada. Pero, vaya, así es el mundo de los servicios de inteligencia. Unas veces se gana y otras se pierde. Unos días logras salvar el mundo y otros no consigues ni siquiera salvar a tu gato.

Índice

Fernando Lalana

Fernando Lalana nació en Zaragoza en 1958. Tras estudiar Derecho, encamina sus pasos hacia la literatura, que se convierte en su primera y única profesión al quedar finalista en 1981 del Premio Barco de Vapor con *El secreto de la arboleda* (1982), y al ganar el Premio Gran Angular 1984 con *El zulo* (1985).

Desde entonces, Fernando Lalana ha publicado más de un centenar de libros de literatura infantil y juvenil.

Ha ganado en otras dos ocasiones el Premio Gran Angular de novela, con *Hubo una vez otra guerra* (en colaboración con Luis A. Puente), en 1988, y con *Scratch*, en 1991. En 1990 recibe la Mención de Honor del Premio Lazarillo por *La bomba* (con José Mª Almárcegui); en 1991, el Premio Barco de Vapor por *Silvia y la máquina Qué* (con José Mª Almárcegui); en 1993, el Premio de la Feria del Libro de Almería, que concede la Junta de Andalucía, por *El ángel caído*. En 2006, el Premio Jaén por *Perpetuum Mobile*; en 2009, el Latin Book Award por *El asunto Galindo*; en 2010, el Premio Cervantes Chico por su trayectoria y el conjunto de su obra, y en 2012 el XX Premio Edebé por *Parque Muerte*.

En 1991, el Ministerio de Cultura le concede el Premio Nacional de Literatura Infantil y Juvenil por *Morirás en Chafarinas*; premio del que ya había sido finalista en 1985 con *El zulo* y del que volvería a serlo en 1997 con *El paso del estrecho*.

Fernando Lalana vive en Zaragoza, sobre las piedras que habitaron los romanos de Cesaraugusta y los musulmanes de Medina Albaida; es decir, en el casco viejo.

Si quieres saber más cosas de él, puedes conectarte a: www.fernandolalana.com

Bambú Exit

Ana y la Sibila
Antonio Sánchez-Escalonilla

El libro azul
Lluís Prats

La canción de Shao Li
Marisol Ortiz de Zárate

La tuneladora
Fernando Lalana

El asunto Galindo
Fernando Lalana

El último muerto
Fernando Lalana

Amsterdam Solitaire
Fernando Lalana

Tigre, tigre
Lynne Reid Banks

Un día de trigo
Anna Cabeza

Cantan los gallos
Marisol Ortiz de Zárate

Ciudad de huérfanos
Avi

13 perros
Fernando Lalana

Nunca más
Fernando Lalana
José M.ª Almárcegui

No es invisible
Marcus Sedgwick

Las aventuras de George Macallan. Una bala perdida
Fernando Lalana

Big Game (Caza mayor)
Dan Smith

Las aventuras de George Macallan. Kansas City
Fernando Lalana

La artillería de Mr. Smith
Damián Montes

El matarife
Fernando Lalana

El hermano del tiempo
Miguel Sandín

El árbol de las mentiras
Frances Hardinge

Escartín en Lima
Fernando Lalana

Chatarra
Pádraig Kenny

La canción del cuco
Frances Hardinge

Atrapado en mi burbuja
Stewart Foster

El silencio de la rana
Miguel Sandín

13 perros y medio
Fernando Lalana

La guerra de los botones
Avi